巫女

ensata

Iris

陳念萱

著

by Alice N.H.Chen

目錄

楔子

寫《恆河邊》，總編輯許悔之追討了三年，他希望我鎖定《金剛經》背景寫小說。努力迴避一家之言的我，很是焦慮，期間兩次往返徘徊於恆河邊，感受遠古各家精彩辯論的現場，聞著各種惡臭苦思人物架構，推翻又重建。在低血壓暈眩干擾下，腦子盤旋著佛教與耆那教兩位鼻祖大雄之間的虛擬辯論，這場史上隔空間接大哉問，我該如何不僭越地延續？恆河沿岸的許多小國家，如同春秋戰國時代，激盪出無數各宗派大師，時時有辯論，處處有禪機，我又要如何少許汲取其中的養分？

我走近耆那教寺廟，看僧侶打掃佛龕，廟宇比一般佛寺乾淨嚴謹又安靜許多，讓本有潔癖的我，竟拘謹地不敢直接放肆進去參觀，深怕已踩踏恆河邊上屎尿爛泥，而冒犯了什麼。我又去了耆那教徒社區，參觀那遠異於周遭髒亂的獨特潔淨過道，偶遇謙遜有禮的居民，又心虛地逃走。心裏，一再被撞擊著。想起《金剛經》反覆強調擺脫邊見枷鎖的自由自在，垢淨，是如此截然地呈現眼前，教人似懂非懂陷進自我辯論的淵藪裏。

源自印度教，強調破除二元對立的佛教與耆那教徒，在非教徒眼中，過著極端嚴苛的修行生活。然而，戒律的發生，並非兩位大雄本意，教法繁多，亦隨順眾生不斷轉念而生，是對治，卻非究竟法。每種狀態的冥思，爲破除另一種狀態的捆綁，最終是爲脫困，而非換管道繼續執迷。

我在東京江戶古城留下的三百年衛星城市佐原古鎮（位於千葉縣香取市），看見專爲六月婚禮養殖的鳶尾花道，才知道宋朝盛行的花卉育種，在小江戶延續了下來，五百年前鼎盛時期，佐原的鳶尾花品種曾高達四百餘，如今僅存兩百，亦相當可觀。鳶尾品種繁多，有一系列玉蟬花 Iris ensata 又稱花菖蒲，日本武士階層愛用的紋飾，就常被誤認爲菖蒲，品種竟亦曾有七千之多，目前餘兩千。鳶尾之所以能成爲育種時尙，除門檻低容易上手帶來驚喜外，政商歡場的鼓勵，亦爲重要因素。

菖蒲在本草是藥用植物，而鳶尾帶毒性，不可食用。因菖蒲經常用來雜交改變鳶尾品種，而容易混淆。江戶時期的武士貴族們，常廢寢忘食交配菖蒲與鳶尾，期待獨一無二的品種出現，以贈花魁佳人，這慣性亦從宋朝跟著鳶尾而來，後因經常爭奪花魁鬧事，最終被嚴禁。書名的英文用花菖蒲，藉以隱喻巫女善惡兼具的特質，是藥亦可能是毒的本質，端賴使用之人的智慧經驗。

書寫《恆河邊》，我預留了伏筆，著墨不多的角色「香蒂」將成爲這本書的目標，主因是不希望主題複雜，雖然故事彼此牽連，且並非刻意爲之，實在是內容與《金剛經》討論的主旋律有關，但以全然不同的面貌呈現。同樣說「空性」，因人性之故，可變化出無限的主題來。因此，巫女的面貌，成爲《恆河邊》的續集。

另一重要原因，是被邊緣化的藏傳佛教，一直與傳統印度教甚至苯教「有染」而不見容於原始教義派的小乘佛教，甚至亦默默地被大乘佛教排擠。最明顯的標的，便是「明妃」的存在。這字眼，來自印度教空行母 Dakini，形容介於人神之間，且漫遊於墳場與天空的女性生物，相當於中古歐洲喜歡捕獵與火燒的女巫。

這世界上，有某個族群，生來異常，所謂異常，其實根本很正常，只是無遮掩，一般人多半被自己多生多世累積的各種因素，而躲藏起來的本能，在所謂異常人身上自由擴散，有些人能控制，有的人卻被控制。這些異常的人，就像小動物，無遮無掩地靈敏，以至於容易受傷害。

當然，就像我師父說的，Dakini可以具備任何品質與狀態，有仙女有巫女也有邪惡之徒，她們的出現，跟時空連結，賦予即時的意義，一旦時空轉換，便也消失無蹤，不再存有任何價值，是非善惡，即便是當事人，也不見得知道眞相。

小女友蔡婷如說我下筆越來越慈悲，這是我沒有想過的方向，卻想起寫巫女的動機，的確是在討論慈悲，也許，當我書寫完畢，竟也好似給自己一場洗禮，增長了幾分慈悲心，這才是我尚未停止書寫的眞正動機？難怪，我會邊寫邊期待卻也一直焦慮著，直到收尾。

1 Bodhgaya 菩提迦耶

香蒂做了十張烙餅，每一張都用不同的餡料，五種咖哩 Curry 五種瑪莎拉 Masala，前者以土豆與胡蘿蔔爲主，除洋蔥、辣椒與姜黃外，分別用香茅 Lemongrass、孜然 Cumin、小荳蔻 Cardamon、肉桂 Cinnamon 與丁香 Clove 來區隔香料配方的主從；後者用了白、綠、黃、紅、黑等五彩扁豆，Masala 香料則是蔥姜蒜與小荳蔻、肉荳蔻 Nutmeg、荳蔻皮 Mace、孜然、肉桂、丁香、蕓薹、薄荷和黑白胡椒等熬製的家常配方。

她抱著熱騰騰的烙餅，衝到小 Naga 面前，塞到他手上，便轉身跑走了。甯霏看在眼裏，忽然一陣心酸，期待地看著 Naga，這孩子卻面無表情，直愣愣地傻站著。濃濃的香氣，冒著煙，甯霏老遠站在苦楝樹下，鼻子一直受到干擾，竟無法分辨，究竟是這股辛辣氣還是這幅畫面，讓人鼻酸，眼裏閃爍著濕氣。

這道別方式，即便是多年後，甯霏仍記著久久不散的繽紛香氣。沒有話別，沒有承諾，當然也沒有依依不捨的擁抱，他們走得像是從未存在過，什麼也沒留下來。然而，平時毫無交集的香蒂，開始遠遠地跟著甯霏，不言不語，保持距離，僅讓彼此知道對方的存在。就像她的名字香蒂代表「寂靜」，異常地安靜，不像一般孩子那樣，讓自己全然沒有存在感。

「妳住在哪裏？」兩人在恆河邊上繞了幾天，無論怎麼走，香蒂始終保持不遠不近，總要有人打破近乎窒息的沈默。甯霏擔心的其實是另一件事，香蒂快要不是孩子了，她的安全堪慮。在這歧視女性又漫無法紀的國度，一個小女孩的存在，簡直是砧板上的鮮肉，隨時任人宰割。濕婆神與妻子烏瑪一夜百年恩愛，被印度人解讀爲性愛的神聖秘事，進而演化成性侵橫行的理直氣壯，印度教的智慧與愚痴，一直是甯霏看不懂的禁區，縱慾與禁慾併行的信仰，眞是讓人眼花繚亂。

濕婆神主宰生命的繁衍、創造與幻滅，他的多才多藝與浪漫，在印度教眾神裏，豔冠群雄，他兼具殘暴與慈悲，曾爲眾生呑嚥整條河流的毒水，他也能在眨眼間火燒滅絕生命，恆河是他拯救眾生的傑作。被稱爲天上人間之舞王的濕婆神，有日、月、地、水、火、風、空與祭祀等八種化身，在西藏人眼裏，他是大自在天的黑天護法Mahakala，擁有舉世無雙的本事，卻仍有自己的千年哀傷，失去初戀讓他用三千年的冥想靜坐等回髮妻。人們在祭祀時，看見了濕婆神的無邊法力，卻無法感受他無休止的悲辛，這樣的祭祀，能彼此通達嗎？

是的，甯霏好奇香蒂住哪裏，卻從未眞正造訪，他怕結下緣分，從此無法擺脫。緣起咒：「諸法因緣起，緣滅法亦滅；我師大沙門，常做如是說。」吃過一口香蒂的饢，這緣早已結深了。

雨季的到來，讓恆河邊根本無立足之地。甯霏決定把香蒂帶走，便停下腳步轉頭問香蒂：「我要去菩提迦耶，妳去嗎？」香蒂睜著大眼睛，平靜地搖搖頭，這是印度式的正面答覆：「願意！」甯霏微笑，幸好香蒂年紀尚幼，帶上同行還算便利，不至於太惹眼。

從瓦拉那西搭乘火車到Patna，約四小時便抵達，然後轉乘出租車到菩提樹正覺塔附近的小旅館，甯霏要了兩間相鄰的單人房，便帶沒有行李的香蒂上街買換洗衣服。階級意識強烈的印度，可比任何國度都以貌取人，一個人的穿著，決定了他被對待的方式。香蒂皮膚白皙相貌端正，稍微打扮一下，沒有人猜得出她來自賤民階層。

白襯衫與牛仔褲，成為兩人相伴的標識，簡單不惹眼，又能立即跟當地傳統服飾區隔。

天色已晚，兩人就著昏暗的天色繞塔一周，甯霏也不過問香蒂的信仰，反正她會一直跟著，並不多話，這是最佳旅行伴侶，幾乎無負擔。

離開寺塔群，出口有幾個搭棚奶茶攤販，甯霏選了樹下正攪拌奶茶鍋爐的太太，全身裹著花色深沈紗麗，有條不紊地依序打理方寸之間的小舖，兩張長板凳，是僅有的座位，許多人並不坐下，直接端上滾燙的玻璃杯，喝完便走。老婦能說幾句簡單的英語，菩提迦耶，是聖地也是觀光勝地。吸引朝聖的不僅僅是佛教徒，還有印度教與耆那教徒，他們認為佛陀也是他們的聖者轉世，只要是成就者，在印度，沒有人會追究你的信仰宗旨，萬法歸「宗」，我認了便行，誰在乎你認不認？

甯霏無法像印度人那樣，秒殺一杯滾燙的香料奶茶，只能間歇地啜飲。香蒂手握茶杯，不急不緩沈靜地思索，偶爾舉杯，小小口地慢慢喝，姿態優雅，完全不像從未正式受教育的孩子，甯霏決定每天挪出一點時間，教會她看報，至少辨識車站名稱與餐館菜單的基本生活能力，需要先建立，否則穿著再體面，也會被識破出身階級。

平時安安靜靜的香蒂，在識字的過程裏，讓甯霏大開眼界。甯霏只需說出想讓她學習的字，她便自動自發地舉一反三，不消幾天，便指著路牌，甚至記清楚路線，任由偶爾陷入思考的甯霏跟著走，成了最佳生活助理。

小城裏唯一像樣的餐館，是號稱義大利餐廳的小咖啡館，菜單只有英文，座位僅容納十人便已客滿，菜色卻十分豐富，從 Pasta、Pizza、Risotto 到諸多口味的三明治與甜點，琳琅滿目多達四頁，非常壯觀。甯霏看香蒂難得露出笑容地閱讀菜單，便用手機拍照，方便香蒂回旅館後繼續用功，還特意接連幾天吃同一家，把每種食物都點了，以便香蒂能夠辨識餐單與食物的關係。兩人邊吃邊猜，看大廚到底放了哪些香料，香蒂也學會了區別，哪些菜餚是受到印度口味的影響。

香蒂終於能說出咖哩 Curry 與瑪莎拉 Masala 裏各自成分的香料名稱時，甯霏的驚喜是差點進駐有廚房的公寓。然而，他不能停留，時間有限，不能把短暫的時光耗費在廚房裏。此行的目的，是查證香蒂的血脈，查證方式虛無縹緲，無法跟香蒂明說。

世上沒有無緣無故的相遇，甯霏每天清晨帶香蒂去繞塔，在這裏，可以遇見緬甸與泰國來的小乘出家人，也可以看見白衣成群的耆那行者，更容易隨時撞上台灣或東南亞來的華僑佛教徒朝聖團，以及東張西望嬉戲的印度教徒。甯霏觀察香蒂的表情與反應，她出奇的寧靜，讓些微觸動都顯得十分張揚。

繞塔數日後，香蒂忽然站在入口不遠處的度母像前站立，久久不動。這多日的等待，終於有了回應。他看著她臉上撲朔迷離的變化，沒有嘗試解讀，也不問她在想什麼，就是看著。她沒有問，他便不打算主動說明這是誰，象徵著什麼。

天又要黑了，如果不催促，甯霏相信香蒂會一直站下去，幾天朝夕相處下來，他見識了她的專注毅力，彷若進入另一個時空，神魂出竅，臉上似有若無地帶著光，有時讓人覺得是錯覺，卻又不由自主地被吸引。甯霏想起小 Naga 的母親，有時也會出現相同的神情，叫人忘記今夕何夕。甯霏開始帶香蒂參觀各種信仰的寺廟，以及佛陀走過的地方，和許多紀念成就者的寺塔與阿育王復興佛教的柱子。他既不介紹也不說明，只觀察她的反應。

摩訶菩提寺旁，有一大片傳統地方市集，挨著日常用品小舖，就地擺攤，販賣各種當地蔬果，過往人車畜生擁擠著，每幾步路，就能看到生意興隆的茶點小店，門口爐灶檯上擺滿剛出油鍋的甜食，蒼蠅企圖在克難轉扇搖擺裏，撲進沾滿糖漿的油炸品，人們視而不見地，就著廢報紙包裹的鮮豔甜點，與燙嘴奶茶，站在騎樓下，大快朵頤。路邊的喧囂，以及隨時揚起的塵土，都無法干擾當地人享受早茶與下午茶，這來自英國殖民的生活慣性，早已深植黎民百姓日常裏。

東方世界有某種信仰上的共通性，無論什麼樣的寺廟，旁邊定有當地居家小食。台灣的廟口夜市，上海城隍市集，可以讓人聯想印度教或印回合體的錫克教乃至伊斯蘭教，節慶與美食，密不可分。以這個標準來區分，相對於教堂的清淨，中東熱鬧豐盛的祭典美食，該歸類於東方區域。

聯想，讓甯霏找到了市集裏的印度小廟，祭祀毗濕奴化身黑天克里須那Krishna，唯一普及又受濕婆敬重的人間神祇。躲在巷弄裏，雖不起眼卻容易辨識，門口五顏六色散落著萬壽菊花瓣，看得出香火仍旺。毗濕奴的小黑天比濕婆神的大黑天受歡迎，出生民間，以百姓疾苦爲首要任務，長期裝可愛，老是拒絕長大，且爲善不居功不炫耀，一派純眞爛漫與世無爭，整天與牧女牧牛爲伍，常保笑容沒架子，天生好相處。

很遺憾，最受歡迎的神，被神棍利用，藏污納垢，村民假藉祭祀奉獻，甩掉賠錢貨，早早將女兒獻給神祇做廟妓，既能達到精神上自我欺騙的無私目的，又能滿足神棍私慾而獲得加持，進而在廟妓轉娼妓後，無羞恥地壓榨親生子女幫補家計。窮人家女兒的一生，是讓家中男人生活無憂地娶妻生子。

身穿白衫牛仔褲的香蒂，緊緊地跟著甯霏，一入廟便只專注看黑天神，沒有東張西望，也沒有任何詢問，就只是盯著佛龕，她知道甯霏不會輕易離開她的視線，非常放心而專注地端詳塑像。黑天神手拿橫笛與牧女同騎牧牛之上，天然無邪而快樂，仰望他的人們，很容易可以抵達同樣的境界，卻為何過得背道而馳？甯霏看著香蒂平靜的表情，沒有任何變化，似乎只是配合甯霏，記住所有去過看過的細節，便於認字，這彷佛就是她收集知識的一部份，不帶情緒的糾葛，亦沒有一般人的渴求與盼望，不祈禱不索求甚至沒有仰望，就只是記住眼前的畫面。

佛龕後面走出兩名吱吱喳喳的少女，年齡與香蒂相仿，言行天眞，舉止流露出成熟的媚態，未屆荳蔻年華，恐已遭毒手。忽然看見香蒂與甯霏，彼此面面相覷，貌似住持的僧人從裏屋走出，臨空呵斥，甯霏沒聽懂那是在罵誰，香蒂轉身拉了甯霏的手便跑，以拚了命的速度，穿梭在市集車水馬龍間，直走到正覺塔外的大街才停下放手。此時，甯霏終於明白，香蒂年紀雖小，其實早已理解周遭環境的是非，這麼小的孩子，對危險警覺的程度超越想像，她承受的壓力，讓甯霏心頭震動。

雖於心不忍，仍須趁香蒂年幼，把這些不堪入目的廟宇走完，待其年長，便再也沒機會讓她從這樣的角度看自己國家了。

耆那教，是此行眞正的目的地，沒有印度教不會有耆那與佛教的出現。甯霏自認偏向佛教信仰，卻不得不景仰耆那教徒僧團，因戒律嚴苛而人數極少，卻也悠然維持整體僧團凝聚力，以極簡法脈延續了更長久的時間。他們代代相傳，鮮少吸納外來族群，相對保護了自己的純淨。慣性，在佛教是負面的執著，維繫僧團品質，卻成爲最佳護身符。生來便守戒，實在比踩過爛泥後再自我收拾，要自然閒適多了。

兩人終於找到了耆那教石窟，這是香蒂開始愛上手機的第一樁功勞。她又發現了不同城市有耆那教的 Ellora 與 Udayagiri Caves 千年石窟群，終於好奇地問東問西，打破長久以來的沈默，讓甯霏精神大振。

印度與尼泊爾都有個奇怪現象，舉凡出現大成就者的地方，各方信仰來聚，全擠在同樣的地方，各自宣稱這是我方聖地，這一點，兩人津津有味地討論許久，香蒂展現了風趣幽默的一面，讓甯霏大開眼界，再度想起小 Naga，難怪他們彼此感情這樣好。香蒂說：「成就了，就是信仰，沒有成就，說什麼都是牛糞，能蓋房子能當柴燒，終究是臭的。不管是誰成就了，放上佛龕，就是我家的。」

甯霏驚異得哈哈大笑，香蒂也難得跟著笑了，兩人便這樣痛快地笑了許久，彷佛終於打開了一道通往彼此的門。

偶爾，清晨天亮前帶上香蒂，買數十張預訂的饢，到幾座帳篷前悄悄發放，怕驚擾到任何人，很容易在路上被包圍，聖地乞丐太多，會集體追著遊客糾纏，不能給錢又於心不忍，只能給吃的。貧困人家的孩子，女孩送去當廟妓，男孩很可能被打殘了做乞丐，施捨錢財，等於助長歪風，讓背後的邪惡勢力壯大。香蒂似乎十分理解，完全沒有追究原因，動作乾脆利落地幫忙，一句閒話也沒說。

連續幾天下來，終究被逮到了。衣衫襤褸卻十分整潔的老婦，一把抓住了香蒂，在她與甯霏分別遞送不同方向的帳篷時。香蒂並沒有受到驚嚇，轉身看著老婦，兩人對視許久，滿臉乾癟皺紋的老人，眼神閃爍著奇異光芒，香蒂看得恍惚起來，完全失去警戒。老婦貼近香蒂嗅聞，越聞越貼近，幾乎要讓香蒂往後退了，甯霏出現，抓起兩人的手臂往外快走，直走到隱匿正覺塔後方墳場邊的小吃攤才停下來，跟小販要了三杯奶茶與三份蛋包餅（像台式燒餅夾蛋只是燒餅換成了乾烙餅），便讓香蒂做翻譯，開始詢問老婦姓名與原居住地。

老婦精光閃閃的眼神，忽然從香蒂身上轉到了甯霏，很有分寸地不再嗅聞，只是盯著瞧。四隻眼睛互相探索著，直到老婦也警覺了自己的不設防。此時奶茶與蛋包餅端上，幫忙端送的小孩，七、八歲，漆黑圓大的眼睛，似乎洞悉了現場三人關係，自動調整送餐順序，不卑不亢服務著，然後肆無忌憚地觀察。印度人的好奇與生俱來不分年齡，日常八卦，也是說書的一部份，總能快速傳播信息，當然還要加油添醬，成爲生活中的樂趣。甯霏在印度區域遊走，儘量避免與當地人熟稔，必須經常轉換居住客棧，否則就算掌櫃不問，服務人員也會開始騷擾打探，完全沒有隱私禮儀。

幾口蛋餅下肚，三人逐漸輕鬆起來，不急不徐地細嚼慢嚥，誰也不著急了。墳場裏晨曦乍現，流浪貓狗竄來竄去追逐，樹叢間立著幾座小型舍利塔。老婦讓香蒂轉告甯霏，這是女空行的墳場，似乎明確知道甯霏是外來者，又補充說明：「女人的墳場。」甯霏點點頭：「Dakinis without Daka.」平時很少人會走到這裏來喝茶，多半只有當地士紳知道，觀光客不會來，老婦似乎相當驚訝，又懷疑甯霏是慌不擇路闖入，才故意說明，試探甯霏的來歷。

用餐完畢，甯霏又要來三杯茶，便開始讓香蒂詢問老婦：「爲何抓著香蒂聞？」老婦低頭沈默，不慌不忙地喝茶，直到喝完也沒一句話。

老婦把茶杯往板凳上一放，便起身往外走，她知道兩人會跟上，沒有打招呼，身手矯健地越走越快，完全沒有先前在貧民窟時的老態龍鍾。清晨讓正覺塔外的喧囂不擾人，這麼早出現的，都是去繞塔清修之人，神情安寧舒適，步伐亦相當輕鬆，顯出這三人快步疾走的突兀，老婦減緩了速度，直到離開朝聖隊伍，又快走起來，看樣子，要去的地方相當遠。

穿越幾座不同市集，行經幾條人畜共行的大馬路之後，又走過好幾個田埂，才爬上不算高的山坡，坡頂矗立著廢墟般的石窟，沒有著名景點的精雕細琢，亦沒有設防的出入口，看不出煙火氣，不像是有人居住的地方。

繞過層層疊疊的大石塊後，老婦終於進入沒有烈陽曝曬的石窟，瞬間涼快許多，像進入了天然冷氣房。石壁上，雕琢著連環故事，精緻程度與洞穴外的荒蕪形成強烈對比，有舊作也有新鑿的壁畫，凹凸有致新舊交疊，完全沒有上色，更引發人無窮遐思，一個場景一段史實，這裏面，恐怕寫滿了耆那教史詩，甯霏已望見洞底石台高處，坐著全裸男人，被一群男男女女白衣人包圍著。

三人步履敲擊岩石地面的聲響，並未絲毫打擾到進行中的交談，看眾人一派輕鬆對答，不像是宗教式開示。

老婦遠遠安靜地坐下，任由香蒂與甯霏自由走動，不介紹也不招呼他們如何進退。

香蒂眼睛直勾勾地看著裸體男人，一片白布覆蓋於盤坐的雙腿之間，遮住了私處。越走越近，似乎想聽清他們在談論什麼。交談之人神色平淡，香蒂卻聽得臉色變化越來越大，似乎十分吃驚。

大約好幾個時辰過去，十幾人終於停下議論，紛紛起身離去，對老婦三人的到訪既不意外也不好奇。眾人散去後，裸體男人向香蒂招招手，讓她坐在面前。甯霏見無人理會自己，便也仿效老婦，遠遠地選擇另一個角落坐下來。

雨季過後，再回瓦拉那西，仙人居所的鹿野苑，有大黑天也有度母，根據耆那教修士的建議，香蒂與甯霏找到了這些異常的塑像。大黑天被供奉在濕婆神廟裏，因爲他被認爲是色界大自在天的護法神，是濕婆神的化身。就像香蒂說的，有神，不管他是誰相信什麼，都會被擺在不同信仰者的佛龕上。度母出現在鹿野苑就更有趣了，這位藏傳佛教的如意寶，有求必應，卻爲何出現在印度教的地盤？

裸體修士說：「修士們生生世世出現在不同時空，以自己的因緣累積福德，便於進入甚深禪定，因此，接受自己佈施的人，正是修士的大菩薩們。」如此互爲因果，誰是仙孰爲人？來自何方？似乎沒有想像中那樣致命的區分。

香蒂沒有告訴甯霏，那天在耆那教石窟裏，聽到了什麼，甯霏也不追問，但記住了她臉上的神情，也想起小 Naga 母親有時泛光的獨特神色。

香蒂只說，裸體修士讓她回瓦拉那西，在那裏，她將看見需要看見的。

2 Sarnath 鹿野苑

鹿野苑是人潮聚集地，晨曦乍現時卻異常清淨，很少人會這麼早去參觀景區。你只會看到三三兩兩身穿各種袈裟的人，或站或坐在自己仰望的神祇前，默禱或靜坐，與漸漸染紅出現又轉白的日光相輝映。鹿野苑既是仙人居所的風水寶地，自然匯聚各方賢達，各自守著自己的信仰，祈求開悟的一天。

入口兩整排紀念品攤仍蓋著塑膠布，還沒有上工，早早出現的奶茶小販，俐落地拉茶，樣子熟練得十分引人，兩人不約而同上前，相視一笑，耐心等候小販拉茶裝桶後，才要了兩杯奶茶，泥土製環保小杯，用了即摔。小販從爐火旁一綑草繩綁著的土杯裏取出，直接用滾燙的奶茶燙杯，來回溫杯幾下後，才裝滿遞過來。溫度雖高，握杯卻不燙手，慢悠悠地喝著，繼續欣賞小販的流暢身手，歲月成就了這帥氣的動作，讓高瘦黝黑的小哥看起來特別灑脫貴氣，才發現他有著雅利安人的立體五官，卻不知爲何從事印度人看來低賤的工作。

小哥注意到甯霏在觀察他，便回報一笑，帶著理解的優雅氣質，更讓人一驚。香蒂看小哥又轉頭看到甯霏尷尬的笑容，也忍不住笑了。

再回瓦拉那西，甯霏選擇了亞洲占地最廣 Benares 大學城旁，短租公寓兩房兩廳，遠離觀光客潮流，也不在河邊走動，避開熟悉身影的注視。這座城，聚集了全印度最優秀的詩人、哲學家與各領域藝術家，若引起注意，將後患無窮。印度教徒的快樂口訣：「住瓦拉那西，結交聖人，飲恆河，拜濕婆神。」這座孕育世界主要信仰的聖城，佈滿了愛八卦說眾神又輕易匯流各信仰的印度教徒，一點點小信息都會被誇大傳布，才如此容易餵養眾多神棍，吸引好萊塢明星們的追逐。

幸運地，耆那教太嚴苛，一直沒有收到大眾娛樂化信仰的關注。

他打算冒險一試，就像毒草旁生長著解藥一樣的自然原理，鑽石七彩寶殿正是檢驗香蒂出身的最佳場域，小 Naga 爲何從不帶香蒂去？卻顯然把責任推給了甯霏。他終於跟月光母親相聚，還會惦念著香蒂嗎？

去黃金鑽石洞前，甯霏陪著香蒂，按照耆那裸體修士的指示，找到了恆河上游隱匿的石窟，甯霏驚異地發現，石窟位置，距離鑽石洞僅半小時步行路程，無端嚇出一身冷汗，幸得兩人尋找石窟並未直接搭車，沿著恆河岸，從住宅密集區一直走到無人處，又走了許久才找到石窟，甯霏越走越心驚，不由得疑心裸體修士隱藏了更多的秘密，正如他不經意間看甯霏的眼神，浩瀚深邃不見底。

耆那教修士分白衣與天衣（裸體）派，戒獨行，彼此監督避免放逸，若受戒修行，則有親友護持，基本衣食無憂，便能孤寂得更徹底。若需隱蔽清修，家人或跟隨者集體輪值照顧，按照行者要求，或禁語甚至禁見，以約定好的時間把生活用品放在洞口外，共同維護修士需要的空間距離。因此，每座石窟或洞穴，一旦被行者使用過，都會變成教徒的聖地。

香蒂一直走在前方領路，越走越快，也不再使用手機導航，彷彿石窟的天線自動跟她連線了，腳步亦輕快得異於往常，幾乎轉眼便已站立隱埋叢林裏的洞窟前。

甯霏被眼前景象嚇壞了，兩腳不聽使喚地僵硬站立，再也無法挪動半步。五顏六色各種花紋的小蛇大蟒，聚集在洞口，紛紛對著一派輕鬆的香蒂吐蛇信，雖嚇人卻萬分旖麗，恍惚間竟有集體舞動之勢，只等香蒂號令。領頭的紅眼白蛇，搖晃著豔紅蛇信，閃爍著如寶石會說話的紅眼珠子，膚白如雪像貴重名牌商品，蜷曲俯伏，好似綻放的紅蕊白牡丹，讓人忘記了恐懼。

香蒂開始吟唱，聲音異常奇異詭譎，似乎是從身體各部位竄出，瞬間把人體當成了音箱，任意撥弄而產生共鳴。點點滴滴的梵音，四面包裹又擴散，擁擠雜亂的蛇莽，逐漸列隊擺出陣仗來，花開花謝地纏繞舞動，隨著香蒂顫音瀰漫的收攏，壯觀的蛇莽群，倏忽消逝，無影無蹤得讓人無法得知先前來自何方。

洞窟口恢復了寧靜，香蒂緩緩前進，似乎心中有律動。甯霏與香蒂保持距離，維持若隱若現的聆聽，自動調整同樣的前進步伐，儘量讓自己不存在地如影隨行。

洞窟裏竄入的天井陽光，讓過道兩面牆，清晰地顯現著連環故事般的壁畫與浮雕，看到中途，才發現是佛教與耆那教兩位大雄的生平故事，各自佔據了一面牆。甯霏看得無比驚異，畫工與雕工精細卻不入任何流派，從未在任何被發現的洞窟裏見過，雖非栩栩如生，卻漸層清晰如動畫，有景深有場景，仿若隨時能走進去，只需再近一點點，這瞬間的觸動，叫人心生恐懼，甯霏警惕地倒退一步，藉著忽隱忽現的折射光線細看，仍跟牆面保持心理安全距離。香蒂似乎對牆面故事不感興趣，目光直視，但越走越緩慢，剛好讓甯霏有充裕的時間，把壁畫故事完整地閱讀完畢。

光線漸漸增強，兩人走到陽光灑下的天井，抬頭依稀看見菩提樹枝幹覆蓋，光線從樹葉閃爍間隙落下，因此忽明忽暗地不規則。

天井牆面是平滑的半圓形，畫像如外科解剖圖解，詳細記錄了耆那大雄禪修過程的身體變化，赤裸眞實。香蒂一言不發地站立在另一條過道拱門下，似在等候甯霏把圖解看完。

她似乎能精準地算出，甯霏剛好把圖解看清楚了，轉身便繼續往前走，隨著前行的距離，光線越來越暗，幾乎要伸手不見五指，感覺轉進了一座更龐大的洞穴，冰冷沁骨，空間感巨大地包覆著肌膚，陣陣刺骨寒意襲人，甯霏懊悔不該被室外燠熱烈陽欺騙，而忘了隨身攜帶小外衣，香蒂穿得比自己還單薄，萬一病了，照顧起來不太方便。

胡思亂想間，洞內忽然乍響，火光乍現，把甯霏嚇一跳，霎時出現的光芒刺眼，一時如墜入夢中地茫然。等睜開眼睛，竟然有位白髮老者赤裸地坐在眼前，頭髮極長，剛好足夠覆蓋腰下，不至於讓人感到尷尬。甯霏詫異得看看香蒂又看老人，分不清誰才是眞的。

這兩人靜止地對視，不知過了多久，老人忽然感知到甯霏的存在，陣陣暖意飄過來，解除了甯霏一身寒氣，舒服得昏昏欲睡。老人往身邊平台一指，招呼甯霏過去躺下，誰知才觸碰石台便睡著了。醒來時，身旁老人闔眼入定，而香蒂盤腿坐在正前方，愣神望著甯霏，似看未見地，魂遊天外。

香蒂見甯霏已醒，便站起轉身往外走，甯霏只得渾渾噩噩地跟著走，直到洞外，兩人都未曾交談。朝陽在正前方升起，原來竟已過了一整夜，這神魂不覺的，甯霏全身上下似是充電般，爽然輕飄，無端新生喜悅，眼前柔光照映著浮雲山景，從未有過地秀美，仿若生平僅見，竟似重生般稚氣盎然。

順著朝陽緩緩移動，兩人穿越一座山丘，香蒂竟站在小 Naga 的鑽石洞前，轉身看著睜大眼睛的甯霏：「你昨天看見的是我爺爺，這座鑽石洞，是爺爺出家前打造的。」按照耆那教規矩，一旦決定出家，必須捐贈所有，方式自定。通常，會舉辦非常盛大的典禮，把家財換成鑽石珠寶與金銀幣，沿途遍撒，或選贈特定對象與機構，總之，全數裸捐，一無所有地走出去，開啓自律苦行之路，全然融入大自然，與所有的生命平起平坐，由衷升起平等慈悲心。

香蒂爺爺竟把家產打造成一座黃金鑽石洞，卻讓香蒂一無所有地活著，這算是哪種出家啊？「你有很多的疑問，我暫時不想回答，也不打算走進去，因爲這座洞窟不是我的，也不是爺爺的，原因你知道，我的意思是你將來會知道，我不需要告訴你，這是爺爺說的。」香蒂說完便往恆河下游走，頭也不回地飛奔，比來時的速度更快，幾乎是逃離現場般，甯霏追得來不及細想，只能一路緊跟。

好不容易回到 BHU 大學城，兩人的步伐才緩下來。這一天一夜沒有進食，眼下飢腸轆轆，甯霏揮手攔下一輛三輪機動車，直奔隱藏在 Taj 後面的皇宮大酒店，此時此刻，想要奢華一回來平衡眼下的心境。穿越 Taj Palace 進入 Nadesar 需要經過安檢與預約證明，隱私做得相當極致。幾分鐘之內，你在恆河邊經歷了地獄與天堂，從屎尿的空氣轉換到芬芳的宮廷園林裏，享受英式下午茶，忘記入口被盤查時的羞辱。

香蒂隨時融入的坦然，是甯霏最大的意外。面對乞丐，她不露悲憫亦無輕蔑，走進奢華，她不卑不亢，不到十歲的孩子，竟比甯霏還坦然，不得不讓人思索，孤女的教養從何而來？

兩人長途跋涉一夜無眠，渾身狼狽，直奔宮廷酒店，被盤查是常理，香蒂面無表情亦未顯露絲毫恐懼，甯霏反而氣呼呼地拿出手機展示預約證明，這支手機是最佳身分證，很快被禮貌地請進去，前倨後恭，態度改變過快，更讓人不舒服。胡亂點了許多輕食，印度人上菜都是一窩蜂，不像歐洲餐館，吃完一道才給下一道。甯霏頓時倒盡胃口，兩眼發直地看著香蒂細嚼慢咽。

香蒂終於吃不下了，甯霏才微微感到一點饑餓，把剩下的食物給吃了。餐後，兩人都點了 Lemonade，印度小萊姆的酸特別舒服，一杯下肚精神大振，甯霏又要了一杯，香蒂難得跟進，也要了一杯。此時此刻，兩人才似乎緩解這一日夜的疲憊與亢奮。

「爺爺出家後，父母忽然失蹤，奶媽只好把我帶回家收養，直到六歲，我才知道自已的身世，在夢裏，所以我不太確定。那天婆婆帶我們去見的天衣修士，告訴我怎麼找到爺爺，才明白夢裏的一切都是眞的。」甯霏想起自己在鑽石洞裏的夢境，從未想過那可能是眞的。

Nadesar 庭園吃飯的人慢慢增多，裝扮時尚輕鬆，與外面的 Taj 大廳判若兩個世界，這座隱藏式酒店，隱匿在 Taj 酒店裏面，只有十間客房，沒有外來訪客，爲吃這頓飯，甯霏用手機預定了兩間房，香蒂毫不意外。餐後各自回房小憩，相約晚餐見。

穿越長廊時，迎面走來一對夫妻，似曾相識，眉頭深鎖的兩人快步疾走，甯霏來不及細想，便已失去蹤跡。

進房後一陣撲鼻芬芳，尋味追蹤，發現浴缸三分滿泡著各種花瓣，應該還放了昂貴玫瑰精油，香氣雖濃卻協調宜人，全身警戒徹底鬆懈，這專門接待元首的私房酒店配置，果然不同凡響。甯霏撥通電話詢問，才知浴缸還放了二十一種花卉萃取精油，精油師調配得出神入化，讓人感覺只用一種卻猜不出是哪種，教人越來越入迷而放鬆得非常舒適。

夢裏，Nadesar 變成一座宮殿，這座宮殿有好幾個附屬小殿，全都可移動，而且根本就是從別處移過來的，隨著恆河邊二百餘國度的變遷，Nadesar 被搬動好幾次。如果層層剝開主殿，就像是老樹的年輪，一層一個世代的刻痕。因爲歲月，牆壁增厚，讓建築物呈現獨特的氣質。在看得見的建築之下，眞正讓它遷移的原因，卻在地底下，而非建築本身。每一次的搬遷，既藏匿著前朝的遺珠，亦揭露了新一輪的寶藏與氣脈，這才是耆那教徒，應該是說少數修士們，眞正傳承的能量與能源，像二十世紀人們開始耗竭的石油。耆那教徒守護的，恰恰是不能玷污亦不能斷滅的能源，讓後人汲取再添加。

聽到敲門聲，甯霏才警覺窗外陽光早已肆無忌憚地傾瀉進屋，起居室敞亮得刺眼，幸而床邊厚重的雙層窗簾，才讓甯霏徹底深眠。

香蒂眼珠靈動明亮地站在門邊，笑意盈盈，簡直換了一個人，那貧困無助的孤女，不見了。甯霏傻愣愣地看著香蒂，彷彿要確認這不是忽然冒出來的雙胞胎，而真的是香蒂本人。

「我等得太餓了，去吃飯吧！還是你想叫房服務？」就連說話口氣也變了，怎麼會有人一夜之間產生如此巨大變化？甯霏傻愣愣地端詳香蒂，忘了回應。「走吧！反正沒人看得出你洗臉沒，吃完再洗吧！我可是餓得無法等啦！」香蒂拽了一下甯霏的T恤，轉頭便走，根本不等回應。

意識恍惚地跟著，直到走入花園，才忽然醒過來，夢境一一浮現，又墜入雲霧裏。香蒂轉頭扯著甯霏衣襟，直走到戶外餐桌邊，拉開椅子讓甯霏坐下，擅自進屋拿起菜單隨便翻兩頁便放下，對服務生念了一大串，才走回騎樓下。甯霏驚異地看著香蒂點餐，與昨日判若兩人。

「我點了兩份太陽蛋，邊菜要蘆筍、四季豆與花椰菜，炸薯條，我請他們調製我要的香草醬，要了饢，還有一大壺 Masala 香料奶茶，你想要咖啡嗎？」甯霏搖搖頭：「喝奶茶就夠了，吃完刷牙洗臉後再喝咖啡。」

已經是早午餐時間，附近人不多，觀光客在這時間早已出去玩耍，正是完美的用餐時間。

「多生以來的蝴蝶效應，現在發作了。你可能跟我一樣，昨晚夢了一夜。但是你夢的是此地，而我，則見到了失蹤的父母，別擔心！你慢慢會習慣這種夢與現實的交替場景，不必恐慌失控的穿梭。」香蒂很快地吃完，果然很餓。她看著細嚼慢嚥的甯霏，看他仍暈乎乎地不知身在何處，眉頭緊蹙，顯然是在擔憂著。

甯霏笑了，香蒂連自己的夢都看得到，還能擔心什麼呢？

「啊！我沒看喔！只是你難得睡這麼晚，知道你會夢到這裏的歷史軌跡，但看不到細節，內容只有你知道，否則我幹嘛跟著你？」啊？有目的的跟蹤？「當然不止這個原因，其實，這裏氣脈將斷，已逐漸污染，我們早就放棄了，你看見的，是你需要知道的，我並不需要，所以你不必告訴我。」甯霏詫異地警覺，香蒂跟隨，不是尋求庇蔭，反而是在保護他，讓他自己找到需要的東西。「我需要知道的，是跟著你以後才慢慢找到的，只好跟著你。」所以這是互助，可我們信仰不同啊！「你覺得奇怪啊！我也覺得莫名奇妙。」香蒂哈哈大笑。

「我本來不打算識字，是你硬要我學的，後來想你吃飯的地方都要看菜單，我只好學了。再後來，都不是我預先知道的，是邊走邊發生的。只有一開始，是Naga讓我跟著你，他說你有時很迷糊，需要人看著。」甯霏尷尬地笑了，香蒂竟出現慧黠的表情：「我若不裝可憐，你一定不讓我跟，Naga說。」啊？太難堪了，竟被臭小孩看穿，像透明人似的。

轉眼午餐時間到了，人潮漸至，甯霏打算回房繼續補眠，這一夜忙得根本沒睡夠。跟香蒂約五點吃飯，便進屋刷牙洗臉，再躺回被窩裏。越想越無法置信，逕自睜大著眼睛，疲憊身軀裏住著清醒的腦子，彼此折磨。

半夢半醒之間，敲門聲響，甯霏好不容易從麻醉式的身體裏抽身甦醒，拖沓著笨重步伐開門，香蒂不知從哪兒弄來的紗麗，是常見水藍色系，純棉，不顯眼但質感好，不華麗卻也不便宜。「我掛你房間的帳，Naga說我欠你的錢，他會還。」甯霏啼笑皆非，不置可否。「你換好點的衣服，我要帶你去參觀耆那教出家盛典，應該會很隆重的，我上網查過，今天出家的是紡織大王，家產好幾億美金，全部裸捐，慶典連續舉行三天，我們說不定可以撿到金銀珠寶呢！」

人潮洶湧，慶典蔓延好幾條街道，從主人家裏一直到耆那寺，沿途鋪滿花瓣，路兩旁整齊排列著壯碩警衛，在印度難得不見槍棍戒備，但這些壯漢的肅穆，足以抵擋莽撞遊客，讓眞正的親友觀禮。典禮舉辦時間並未公開以避免不同信仰無知者的騷擾，香蒂能掐準時間地點，恐怕又是透過特殊通道。

靠近豪宅入口時，忽然一把鑽石飛落，甯霏驚訝地躲避，抬頭看見白衣光頭修士騎坐在大象上，如王子般威儀，面容姣好白皙，輪廓立體精緻，正盯著自己微笑，行進中的大象忽然停步，暫停了幾秒又繼續往前走。香蒂迎空揮手捕捉了一把鑽石，立即拉扯甯霏衣袖擠出人潮，快步移動，避免遭遇踩踏或惡意撞擊。白衣修士持續往前，似乎在引開注意力，甯霏驚魂未定，香蒂又拉著甯霏走往人跡漸少的方向。

「你想不想參觀他放棄的家？」甯霏看著日漸頑皮的香蒂，幾乎不經大腦地回答：「不想！」香蒂腳步放緩，也鬆弛了警戒。「你怕？」「怕什麼？」「怕看到哭泣的家人？」也許吧！進出印度無數次，甯霏學會了不好奇。

兩人抄捷徑，盛典將繞行整座村莊，其實出家修士的豪宅距離寺廟非常近，爲達到虔誠儀式需要的完備過程，只得乾脆走一圈以示隆重。

在人潮尚未抵達前，香蒂已佔據制高點，從寺廟旁台階上，俯瞰整個隊伍的行進。白象修士仍在優雅地拋灑金銀珠寶，象身上掛著好幾袋華麗七彩布袋，顯然裝滿了各種寶石，隨機任取地被抓出來，好似米粒，不痛不癢地拋擲出去，氣勢豪邁。也許信息相對封閉，沒有太多外地遊客，讓慶典舉辦得相當順暢，未受金銀佈施的影響，也沒有發生轟搶事件，反而以觀禮者居多。白象每走一段，路旁警衛便用掃帚裝起散落的珠寶，據說都會拿去捐贈慈善機構，這也是無人推擠撿拾的重要原因之一。

白象接近寺廟，修士被請下移動階梯時，往甯霏與香蒂站立的方向看了一眼。寺廟門口又已擠滿了人潮，香蒂拉著甯霏在修士走進寺廟前，一起先溜了進去。

3 Lumbini 倫比尼

一場大水災，把尼、印邊境居民沖得到處流竄，泥土與牛糞攪拌而成的磚牆，雖無法抵擋地震水災，卻也壓不死人，不知道是福還是禍，活著的傷殘與困窘，不比死了好。天災加上人禍，是致命傷害，人人都知道，卻無法不成爲殺死自己的兇手之一。濫砍濫墾流失的樹木，讓沒有下水道緩解的村莊，一片汪洋。旱災與水災交疊，讓這片土地更難生養。

佛陀時代的倫比尼是美麗的花園，佛陀之前的世代，恆河邊繁茂富裕。同樣一塊土地，只有佛陀看見了未來的荒蕪與貧瘠。

流民逃竄到邊境，用塑膠布搭蓋臨時住屋，乾瘦老婦手捧嬰兒，散落在各自凌亂的帳篷外，年輕力壯的應該都外出找臨時工換取食物了。不丹與印度邊境衝突不斷，流民沒有國籍意識，修路、搬運與建設，用的都是尼泊爾邊境流民，一旦施工完畢，又被趕走，造成了邊境社會問題。

甯霏收到一筆捐款委託，來自聯合國開發總署。信件上說，除賑災外，希望能順道修復倫比尼遺跡，佛陀出生的紀念池。甯霏回函詢問：「爲什麼？」對方答復得讓人好奇，既然這是兩千多年的遺址，自然有列入世界遺產的價値，但其實位置早已殘破無法辨識，又經過觀光利用的任意塗抹，一層層水泥與現代瓷磚的覆蓋，根本毫無修復價値，唯一的意義，只剩下故事。

香蒂持不同看法：「如果故事有價値，又有許多人需要這故事，即使是製造出一個假遺跡，也値得。何況是聯合國出面，不是對故事本身更有價値嗎？」甯霏看著這瞬間長大許多的小女孩，深覺不可思議，如墜入夢裏不斷出現的辯論。

一整夜的辯論，如火如荼進行著，兩位白衣修士熱烈地討論，不容甯霏插嘴，卻要求甯霏務必專注聆聽。他們到底在說什麼，甯霏聽得似懂非懂，甚至是從未聽過的語言，卻爲何聽懂了一部份？如此一想，竟嚇醒了。醒後與夢裏的思維，可以如此完全地不同，徹底隔離，仿若穿梭了好幾度時空，瞬間落地，仍處於暈眩狀態，而無法立即起身。

甯霏讓酒店幫忙包車，瓦拉那西與倫比尼兩地相距不到兩百公里，凌晨出發，當日便可往返。帶上換回輕便裝束的香蒂，沿途討論公路兩旁堆積如山的垃圾，大部分是無法分解的塑膠袋，要如何利用聯合國的援助，來敦促尼泊爾政府正視污染問題？尼泊爾土壤乾旱與水患，必須用植樹的百年大計來解決，這需要全面的社會教育。偷竊樹林，賺取外匯，一直是官賊做的好事，災難卻要愚民承受。

百餘公里若行駛在先進國家的高速公路，僅需一小時車程，在尼印邊境顛簸鄉村道路上，雖經幾度外援修復，仍需走三小時以上才能抵達。能在倫比尼吃上中飯，又在晚餐前返回 Nadesar，算是路況不錯了。由於中尼兩國鄰居關係日漸親暱，中國觀光客忽然暴增，二十年前仍一片蠻荒，如今能吃到川菜，眞是意外收獲。

司機幫忙找到帶有莊園的酒店用餐，名字取得好，Maya Garden 用了佛陀母親的名字，愛與幻化兼備，寓意深遠。倫比尼在 Maya 做公主時，如一座美麗繁茂的花園，芬芳氣襲令人解脫，才得 Lumbini 涵寓可愛之名。如今，經過多國資助，仍未恢復當年萬分之一，僅散落幾處俗氣至極的建築，叫人扼腕。一座座寺廟林立，以聖者之名餵養觀光客，卻又爲當地居民做了什麼？

四月八日，Maya 摩耶夫人四十五歲高齡受孕，按照印度習俗臨盆前必須返娘家，途中於倫比尼花園桫欏無憂樹下產子，悉達多王子出生便站立，七步綠白蓮花而暢言：「天上天下，唯我獨尊，三界皆苦，吾當安之。」七日後失去母親的王子，由姨母 Prajapat 波提夫人撫養長大，繼母在佛陀証悟後成為比丘尼僧團創始人。姨母疼愛悉達多，尤甚於己，潛意識裏，這是萬萬年的福報啊！無法想像她當年帶著悉達多妻子耶殊陀羅與宮女五百人，一起投靠佛陀的膽識與擔當，兩千多年前的女人，如何照顧五百名貴族婦女長途跋涉而不皺眉頭？她大可以自己一人跟隨禪修，何須扛起如此重任？

甯霏站在佛陀出生的方池前發呆，許久之後，香蒂的聲音從身後飄過來：「極致尊貴，承受極致的苦。」甯霏轉身看香蒂，兩眼瞬間直瀉，淚水不聽使喚地湧出，全然失控。

甯霏寫信回覆聯合國：「遺址早已不在，若要修復，需更大工程去建設人文與教育，尤其是當地居民教育的提升，才有助於傳統信仰文化復興，若僅僅是搭蓋一座並不美觀的池子，給當地人斂財機會，增長惡行，毫無意義。」這需要更多的錢，聯合國沒有預算，所有的經費都需要長期規劃遊說，恐怕無法即刻實施，眼前的款項須先消耗執行。原來這筆燙手資金，是贊助者擔心直接交給當地政府便消失無蹤，轉由聯合國出手，便多幾分保障。一百萬美金，說多不多說少不少，當油水綽綽有餘，建設，遠遠不足。甯霏忍不住附註，眞想幫忙，聯合國不缺這筆錢，一百萬眞的杯水車薪。

香蒂的英文閱讀能力進步飛快，甯霏寫完覆件，她已看完，興味索然地評論：「你這附註，人家只會當你沒禮貌，多此一舉。」即便如此，也要把握說眞話的機會。「該說的就要說，誰知哪天會發酵。照你的邏輯，我們哪裏也不用去了。」這一路的確讓人心灰意冷，但不能不抱一線希望，哪怕是點滴星星之火。

印度人與尼泊爾人互相看不起，仇結了幾千年，千絲萬縷的，讓人看不懂。該幫忙的，是這強勢的鄰居，而且他們也有能力幫。尼泊爾的交通、建設、金融、農業、教育甚至外交，一直像不丹王國一樣仰賴印度，卻又彼此掣肘，邊境土地的劃分糾紛不斷，亦敵亦友，難分難捨。

「兩位白衣修士似乎在辯論慈悲的存在與否，救度眾生是否是徒勞，自救的根源來自哪裏，站在什麼樣的立場去說慈悲。」甯霏告訴香蒂，昨夜的夢，有關慈悲辯論，竟然是耆那教兩位白衣修士，既非純粹的天衣派亦非佛教徒，整個夢境裏，甯霏能清楚感知到自己的詫異與困惑。

香蒂前所未有地出現鄙夷眼神，極其不屑地答覆：「耆那教第一條戒律是什麼？

不殺生，做到這一點，要付出多大的努力，未對眾生心存慈悲，能做得到嗎？若非認爲眾生皆具備神聖的靈魂，能生出慈悲心嗎？放棄農耕畜牧，只從事不殺生的貿易，謹守戒律而立足商場，才養成了今日富裕的耆那教財團與慈善機構，這不就是善業的循環果報？」

「這是自欺欺人，按照標準，你每天的吃喝，都在殺生。表面上沒有血肉廝殺，肉眼所見的不殺生也無法完全做到，否則寸步難行。從精神面，我贊同這樣的慈悲，但站在究竟解脫來看，這是善意的欺騙。還有，靈魂的神聖這件事，也有待討論，這一點，夢裏的修士就變成兩派，互不相讓。連靈魂存在的事實，也遭到質疑，如果你想繼續辯論下去。」香蒂漲紅著臉，欲言又止。甯霏笑了：「別急！這件事可以慢慢想，不必有結論，耍嘴皮子沒有用，先做到再說。」

「爺爺的鑽石洞之所以是鑽石洞，而不是慈善機構，妳認爲是什麼原因？」從未走入鑽石洞的香蒂，似乎早已想過這問題，在沒有找出答案前，拒絕知道這地方的存在，因此那天才故意轉身離去，一點也不好奇。一旦發動了好奇心，緊跟著就是被迫接受的責任。

「非暴力 Ahimsa、誠實語 Satya、不偷竊 Asteya、純潔行 Brahmacharya、不執著

Aparigraha 等五戒，即便是天衣派，能眞正全部做到的人不多，願意持戒已難得，過程非常辛苦，非外人能想像。其實，在持戒過程，並未達到極致也能感受到另類的解脫，戒律，反而是種釋放，身心靈皆能快速成長，我並沒有批判的意思，只是層次有別。」甯霏溫柔地看著香蒂：「妳的見地已超乎我的想像，才會跟妳說到這裏，其實，我也可以不必告訴妳，我們想法不同，但並不衝突。」香蒂似懂非懂地，點點頭表示贊同，不再多說什麼。香蒂不說話時，其實代表不全部認同，這一點，甯霏早已覺察到了。

驅車返回 Nadesar 已近黃昏，沿途追著夕陽跑，司機瘋狂地趕路，播放各種吵鬧音樂，從娛樂性電影配樂到傳統浪漫古典樂，從印度到西洋流行曲，連半世紀前的流行音樂都有，販賣山寨卡帶與 CD 的小舖，技術越來越好，只要給曲目，可以滿足顧客任何需求，製作專屬集錦，在音樂裏橫越印度洋與大西洋。司機很嗨，甯霏被吵得頭疼，快要暈車了才出聲制止，要求暫時安靜，不需要音樂服務。其實他可以感受到試探性的善意，想要讓客戶知道有多種音樂選擇，未料遭到呵斥，一臉無奈，露出印度小販慣有的無奈俏皮表情。

實在是這段路兩旁，牛羊翻攪塑膠垃圾，大象沿途排便的景象，讓甯霏心煩意亂。垃圾以無法分解的塑膠袋居多，其實大部份人已反覆使用回收，印度人非常懂得廢物利用，幾乎可用到極致，牲畜糞便都能用來當建材與燃料，獨獨這塑膠包裝，是被大財團壟斷的生意，根本沒有解決之道。

好不容易抵達酒店，胃口盡失，甯霏讓香蒂吃房餐，自己則回房泡澡，早早地上床休息。

一群大角麋鹿在奔跑，小鹿們被夾帶著小跑，有時竄來跳去地邊跑邊玩耍，大片向日葵茂盛地搖曳在光影閃爍裏，鹿群奔跑著議論紛紛：「佛陀要出生了！王子出生了！」。忽然衝出兩頭公鹿，頂著漂亮如樹枝的角，彼此追逐頂撞，甯霏正納悶這樣玩不會玩壞漂亮的角嗎？才發現兩頭公鹿披掛著閃閃發亮的錦緞，兩側各自有大口袋，似乎裝著許多寶藏。正想著，其中一頭竟往自己走過來，試圖讓甯霏卸下這袋寶藏，裏面有珠寶也有地圖。

猶豫著是否該伸手去拿，便醒了。醒來後，腦子裏仍盤旋著疑問：「又不是我的東西，爲何要我負起責任？」

迷迷糊糊地起身沐浴，套上酒店洗燙整齊的襯衫牛仔褲，門鈴剛好響了。甯霏突然很懷念鹿野苑外的奶茶攤，若用酒店車過分招搖，帶香蒂走出酒店老遠才攔下機動三輪車。晨曦中穿梭老城區，別有風味地寧靜，仿若時空靜止，從來沒有變化過。跟猜想的一樣，奶茶攤眞是早早地上工，朝陽紅通通地豔麗染天，小販剛煮好了一大桶奶茶，見兩人下車走過來，便彎身拿出兩個土泥杯，熟練地拉茶燙杯裝茶遞過來。兩人沈默地喝著，一杯接一杯，連續喝了三杯，才開始感到前所未有的飢腸轆轆。

香蒂很有默契地招喚停在路邊等候的三輪車，驅車回到酒店，要了蛋捲、什錦蔬菜炒飯與綜合水果以及一壺咖啡，在戶外餐桌上聽著晨間鳥鳴，各懷心事地狼吞虎嚥。

「你跟我一樣，都不想擔負責任。不是不想，是覺得自己弱小。我還小，你呢？」香蒂喝著自己的萊姆水，沒有添加蜂蜜，這是成年人的喝法。

甯霏又要了一壺咖啡，人潮漸漸出現，男男女女穿著度假休閒裝，似乎剛打完高爾夫球，神清氣爽。人間的地獄與天堂，在這座小城，便能一眼看到底。輪迴，讓所有的階層各安其位，視爲理所當然，卻爲何用了兩千多年，仍無法接受佛陀的因果說，而改變自己的位置？相較於宇宙萬萬年的輪迴流轉，這兩千年又是何其短暫？

「妳覺得，我打開妳爺爺的鑽石洞，能幫助這些人，還是製造更大的災難？」香蒂收起雙腳，整個人蜷縮在沙發椅裏，抱起眞絲套枕，盯著芒果樹梢碩果纍纍垂掛的青芒，再過一個月便能熟透。這裏的芒果沒有纖維，印度人手握熟透的芒果，邊聊天邊揉捏，片刻後，咬一口小洞，直接吸乾，便扔了。

「我的確想過這問題，Naga 跟我在恆河邊賣蠟燭賣花，每天看那些沐浴祈禱的人，虔誠地對著日出念念有詞，邊洗邊喝，聖水，眞的能在一念之間，從汙濁轉化爲甘露嗎？我們常常在岸上看人燒屍體，對有些人來說是解脫，而被早早遺棄等待死亡的人，卻是無窮盡的折磨，我們能做的，只是偶爾遞過去一杯水或一塊饢。」祭祀旺季，台階上坐滿各種奇形怪狀的沙度 Sadhu，跟乞丐一起索討，也有傲然行走的沙度，遠遠地坐在僻靜角落冥想。這些景觀，也帶給甯霏無盡的困惑，這大概是世界上乞丐最多的城市，卻也是許多宗教思想發源地，且曾經富甲一方，百姓安居樂業又慷慨佈施，才能讓各方哲學辯思蓬勃發展。

百年之間，從天堂掉落成地獄，這是怎麼發生的？

「我們不是賤民，卻選擇跟賤民住在同區，一起生活，這是耆那教徒最起碼的慈悲心養護。」耆那教徒大部分從商，小部分專注修行，也有兼顧的在家修士，融入社會，把信念藏在心中。他們集體致富，卻過著極其克制的簡樸生活，這也是甯霏由衷敬佩之處。這樣的信念與自律的生活方式，根本難以推廣，像印度教那樣，處處有神祇，隨便買朵花與油燈，便能當做如意寶祈求萬事如意，豈不容易多了？

「爺爺告訴我，鑽石洞的開啓與否，由你決定。」甯霏頹然如迷霧，原以爲在香蒂見到爺爺後，自己可以卸除這座夢幻寶藏的負擔，未料，卻是加重。

「我們去找婆婆吧！」哪個婆婆？香蒂歪頭一想：「無數的婆婆，各種各樣的婆婆，無處不在，隨時出現。」甯霏原以爲香蒂說的是菩提迦耶貧民窟的婆婆，怎麼也沒想到會冒出這麼哲學的答案。香蒂微微一笑：「我是說眞的喔！不是開你玩笑。爺爺說了，等你辦完事，就帶你去看婆婆。」香蒂說恆河邊上就有許多，那些等死的老人裏，有神奇婆婆。

兩人吃完長長的早午餐，神清氣爽，各自回房漱洗便一起出發到恆河邊的火燒場，烈陽高照，這時間不會有人潮洶湧的觀光客。

由於常年水患又因非沙即泥的河岸，路面永遠凹凸不平，別提雨季寸步難行，即便是旱季，遍地牲畜屎尿，行走起來未若赤腳的當地人那樣自在。其實兩人早已換上夾腳拖鞋與短褲T恤，香蒂還好，這是她蹦跳多年的地盤，甯霏雖進出多年，仍尚未習慣。

跟隨香蒂鑽小巷，迴避迎面而來悠悠晃蕩的牛羊，似乎走進甯霏從未見識過的時空，場景不斷地變換，地面越見泥濘，反而讓人放棄顧忌，自在踩踏，行進的速度便也加快了。

看到河岸線時，甯霏才驚覺已站立在高處，下方是燒屍的神壇，正熱鬧地進行著祭典，卻十分安靜，看似來人富貴，送行隊伍比平時豪華，貴婦打扮的死者，穿戴綾羅綢緞，遍佈珠寶，全都燒了，必定讓平時看不到燒屍的觀光客瘋狂。主持祭典的沙度似乎比平日見的體面許多，卻仍在火化前脫得精光，讓助手協助，渾身塗滿白色染料，再畫臉，片刻轉成濕婆神威猛的樣貌，口中念念有詞。

想必火化後，灰燼裏的珠寶，將歸主持祭典的沙度所有。

甯霏好奇地想往前看清婦人的長相，腳邊被一隻濕漉漉又瘦骨嶙峋的手抓住，低頭看時，嚇得顫抖。一片深色爛布包裹著老婦，若非她伸出手來，恐怕也會被認成一具屍體。

下方已開始進行火化，濃煙升起，味道刺鼻，各種香料與燒烤味齊集，十分怪異。香蒂一臉事不關己的自在，旁觀這場祭典，似乎對她是家常便飯，身為外來人，甯霏不像香蒂有較多的機會參觀這種場景，一時錯愕得手足無措。香蒂忽然掀開老婦遮面的披肩，驚呼起來。

帶他們去見洞窟修士的老婦，竟被丟棄在此。香蒂嘰嘰喳喳地盤問老婦，見她比之前越加瘦弱，短短幾天，何至如此？香蒂卸下水瓶，協助老婦喝水，又掏出上午沒吃完打包的饢，剁成小塊餵食老婦。甯霏這才明白，爲何香蒂一反常態地要求打包，還以爲她擔心中途找不到食物，卻原來是有備而來。香蒂問得急，老婦答得簡短緩慢。過了大半天，才明白事情原委。

老婦從洞窟返回貧民窟後，被逼問行蹤，因三緘其口而被浸豬籠，這種對付寡婦的刑罰，竟被用來逼供，背後一定有看不見的組織存在。老婦被泡三天得肺炎，便被宣布臨終，丟到恆河邊等死。

香蒂問老婦此刻是否能行走，見其勉力爬起，便與甯霏兩人架著，好不容易走到大馬路邊，遠離火葬區，才敢招攬三輪車，直奔醫院。由於甯霏的外國人身份，老婦的出現雖引起騷動，仍在交涉後，進了急診室。香蒂陪伴老婦先進甯霏要來的單人病房，仔仔細細地清洗完，換上醫院病人服，老婦便陷入沉睡。

貧民窟一直未能整頓，背後龐大的勢力驚人，誰也不敢惹。

4 Kushinagar 拘尸那迦（娑羅雙樹）佛陀涅槃

婆婆大睡三天後，又恢復了原來的精神奕奕。香蒂與甯霏悄悄把她送回了洞窟，讓修士們決定她該去哪裏。

王舍城附近，萬餘人小村落，土地貧瘠荒蕪，佛陀卻選擇在此圓寂，理由，因爲過去生曾在此爲王。這裏曾經是 Mallas 末羅國大善見王的都城，金碧輝煌，即便是佛陀時代的人，都難以想像過往的富裕。佛陀選擇在這被人遺忘的土地上，給予最後的宣說，這個選擇，已是最大的教法，還有比這更明白的「無常」嗎？

佛陀說末羅國曾有七道城牆，分別爲金、銀、琉璃、水晶、紅寶、藍寶以及雜色寶石所造，四道城門分別爲金、銀、琉璃與水晶所造，每座城門裏有七條寶石柱子比照城牆同樣的材質，王城裏有七排珠寶棕櫚樹，如風鈴般發出讓人貪愛陶醉的聲音。

曾經擁有，再論放下，過程，是佛陀展現無常的螢幕。只是，這放下之後，成爲至今無解的謎語。

佛陀選擇在此念誦《Mahasudassana Sutta 大善見王經》後入涅槃，因自己前世爲大善見王，修四禪而入梵天。大善見王征服四海廣傳：「不殺生，不偷盜，不邪淫，不妄語，不飲酒並適量飲食。」這項功德，讓他輕易進入梵天，又轉世爲人，獲得証悟的機會。

大善見王曾經擁有輪寶、象寶、馬寶、琉璃珠寶、女侍者寶、居士理財寶與將士寶等七寶，有美、壽、無疾與愛等四如意。他在棕櫚樹之間建造金、銀、琉璃與水晶四種蓮花池，蓮花池內四季盛開各種顏色的蓮花，王在此佈施百姓沐浴，並滿足各種衣食住行需要與願望，取悅眾生，卻又使人貪戀執迷。或者說，讓人感受執著，強烈地品嘗執迷的滋味，包括他自己。貪婪，也能引起恐懼。

大善見王的功德，吸引天上人間齊來供養，擁有天人用金、銀、琉璃與水晶磚打造而成的正法殿，正法殿前有正法蓮花池，蓮池以七排珠寶棕櫚圍繞，風吹響動如悅耳奏鳴的天然交響曲，使人愛貪陶醉。佈施、自我調伏與節制三種業果，讓大善見王擁有大威德大力量的業報，進入修行持戒的冥想，修持的意願與機會需要善業的果報。

大善見王離五欲、離不善法、有覺有觀生喜樂入初禪，無覺無觀入二禪，有捨有念安住樂入三禪，滅除苦樂有捨念清淨入四禪。爾後升起慈悲喜捨心，臨終不再戀棧一切富麗堂皇與生命。善吉祥王后說：「臨終時有戀棧是苦的，有過失的。」因「諸行皆無常，是生滅之法，止息生與死，此是解脫樂。」

佛陀在桫欏雙樹間涅槃前宣說：「諸行無常，是生滅法，生滅滅已，寂滅爲樂。」然而，大善見王擁有的珠寶城鎮，如何變成了今日的荒蕪？且從佛陀宣說過往的榮華過後，至今，兩千多年來，未曾恢復丁點綠意。難道，這就是場夢幻泡影的示現？眞實與否，富貴或貧窮，亦只是有爲法，提供人「觀」而已？

送婆婆回洞窟時，裸體修士交代幾位在家居士，將婆婆帶回去養護，盡量避免再回來，最好能遷移到南印沒有人認識婆婆的地方。臨走時，婆婆拉著香蒂耳語，沒有讓甯霏聽見。其實，就算聽見了，也聽不懂她們使用的北印語言。這片土地使用的語言文字如此多，眞難想像幾千年前在恆河邊是如何進行辯論的。時至今日，年年在恆河邊上舉辦的哲學論壇，恐怕都只能用英文，被殖民後全印共同的語言。

「婆婆說，我們去拘尸那迦，可以找到她的親人，她現在不方便回去，免得親友受牽連，你願意跟我一起去嗎？」十公里的車程，何樂不為？「婆婆怎麼知道可以信任妳？」甯霏想問的是，婆婆怎麼知道可以信任我們。香蒂難得俏皮地托腮看甯霏，左瞧瞧右瞧瞧，然後裝出深思熟慮的樣子：「嗯！沒別的選擇啊！」甯霏又好氣又好笑，扭頭便走，心裏仍千絲百縷，這些人如何輕易地找到彼此？他們手中沒有現代化通訊工具如手機，也從不用任何電話，時空在他們眼中不存在邊際。這裏面似乎有著看不見的網絡，像無邊際的蜘蛛網，無限延伸。

距離不遠，也就不著急了，甯霏忽然又想念鹿野苑的奶茶滋味，接近午時，陽光炙熱，仍決定直奔奶茶攤。小哥果然仍悠閒地燒炭拉茶，脖子上掛條棉質毛巾，隨時抹汗，這樣的日子在北印有大半年，極寒與極熱時，在烈陽下煮茶，不冷不熱的舒服月份很短，經常有人在寒流與酷暑時倒在路邊，無人理睬便死了。生死大事，在恆河邊成為稀鬆平常的小事。

小哥身旁多了一個學前小男孩，眼珠子黑溜溜地鼓動，一看就是耳聰目明，對什麼都好奇。尤其眼前站著像外國人的面善男女，衣著清爽乾淨，言語溫和緩慢，看著就容易攀談，勾引他躍躍欲試，隨時想插嘴說話。

甯霏讓香蒂問小哥，奶茶 Masala Tea 裏放了什麼香料，為何特別溫潤好喝。小哥笑得溫文，想了一會兒才答覆，他說用料並不特別，只是工序上比別人花點心思。一鍋水先加丁香粒、剝開皮的小荳蔻、肉桂棒、薑片中火熬煮一刻鐘，再添加一比一的鮮奶，繼續熬煮兩刻鐘，直到水乳交融，然後丟進阿薩姆紅茶，大火滾十分鐘，撈出所有的渣渣，慢火續煮一刻鐘，即可保溫拉茶。小男孩忍不住搶話，英文竟說得比哥哥流暢：「剛煮好的比較香，熬到鍋底的比較潤滑濃郁，看你喜歡哪一種。」逗得甯霏笑了：「你叫什麼名字？爲何不去上學？」

小男孩興奮地搶奪主場，手舞足蹈語速加快：「我是沙魯，跟大明星同名喔！可是我比他好看。我不必上學，去過兩天就不想去了，那裏好傻。」甯霏大笑，香蒂一旁凝神沈默不語。她可以一眼看到他的未來，許多聰明漂亮的孩子，轉眼間猥瑣而寡廉鮮恥，滿大街遊手好閒，伺機製造社會問題。香蒂想起自己跟著甯霏的那幾天，簡直是場賭局，如果他始終不理不睬呢？

小哥彎身取杯，動作利索地拉茶溫杯，姿勢漂亮得像甩彩帶，掌控茶水易如翻掌。沙魯見甯霏被拉茶吸引，轉而熱心地介紹：「哥哥叫阿米爾，比我大十歲，所以拉茶比我厲害，我也會喔！」小哥笑了，慈愛地摸摸沙魯的頭，以示嘉獎。

甯霏與香蒂又連喝了三杯，才滿足地緩過氣來。見沙魯仍好奇地觀察來客，便隨口詢問：「我們要去拘尸那迦，你去嗎？」沙魯笑咪咪地看了哥哥一眼，慧黠地眨眼，裝模作樣摸了一下下巴：「你想聘請我作導遊嗎？我家就在拘尸那迦。」啊？這麼巧？該不會這臭小孩又像大部分印度人那樣，隨時坑矇拐騙吧？見甯霏猶疑，沙魯拉扯話不多的哥哥衣襟：「你跟他們說啊！是不是，我沒騙人！」

阿米爾仍慣常地微笑，保持沈默。這態度，讓甯霏明白，小男孩是認眞的。「好吧！你怎麼收費啊？要看我口袋的錢夠不夠請你。」沙魯轉頭看看哥哥又看香蒂，見兩人都不理睬，搔搔腦袋，便下定決心：「你請我吃冰淇淋，再請我跟哥哥吃晚餐，這樣就夠了，我不收你錢，當你是朋友。」甯霏伸手：「成交！」沙魯嚴肅地握了握手，以表誠意。

沙魯果然有效率，立即找來機動三輪車，幾句話交代清楚，似乎跟車夫都很熟。瘦小的身體，坐在甯霏與香蒂之間，仍遊刃有餘。

行經擁擠而無視車道的大街，沙魯開始非常盡職地介紹，沿途商鋪有各自的行規，每個區塊是一種行業，分類區隔清楚。無論去哪兒，商鋪間必定夾著小小的檳榔攤與奶茶點心鋪，提供隨時經過的業務員歇腳攀談，有時，站在騎樓下，一杯奶茶喝完，咬幾口油炸三角咖哩酥餅，買賣便敲定了，然後再續杯，很少人只喝一杯便滿足。

甯霏忍不住微笑，這孩子真熱心。雖說不上學，沙魯對整座城的大學如數家珍，瓦拉那西大學的特色是無論醫、農、工、商、藝術或國家梵文大學，都擁有各自的信仰，大門校徽與建築形式能揭露一二，校園內目標明確地矗立著佛像甚至佛堂，一目了然，從印度教、基督教、回教、錫克教、耆那教到藏傳佛教的學院，一應俱全。難怪能夠動員全國哲學家，每年到此公開或私下辯論，維繫一定的藝文展覽活動，政府似有若無地鼓勵，也有促進世界宗教和平的意圖。

過了綠林密集的校園區，路面開始顛簸，很顯然已接近目的地。沙魯仍在嘰嘰喳喳比較各大學之間的優劣，極其推崇瓦拉那西醫學教育的成就，聽得甯霏越來越驚詫，這孩子沒上學怎麼比中學生還有學問，津津樂道得彷彿自己正在校園裏選修各類課程似的。

「你從哪裏知道這麼多資訊？」沙魯得意地眨眼：「秘密！」然後又安慰地拍拍甯霏肩膀：「等會兒就有答案了！」姿勢嫻熟，彷彿已彼此稱兄道弟。

車子直接停在突兀矗立的水泥屋前，坐落在荒蕪的泥沙地上，遙遠可見的地平線，疏疏落落幾間茅屋，懶洋洋閒逛的白牛與花紋牛，乾瘦見骨，老弱婦孺各自就地坐著打盹，也跟老牛似的乾枯瘦弱，地面散落啃咬雜亂的乾草以及隨時會踩到的牛糞，空氣飄散濃重凝聚烈陽暴曬的牲畜糞便味，碩大的蒼蠅，一群群團成黑霧飄流，毫無振翅飛翔的動能，所有的畫面，都在宣告著時空的靜止。甯霏下車時遇到停格般的情緒起伏，一時動彈不得。

沙魯理解地握著甯霏的手，輕巧又順手，傳遞著柔軟的撫慰。

三人站在泥水屋前，機動三輪車並未離去，似乎知道可以等著回程的生意，四面望去，似乎沒有別的乘客提供更好的機會，即使這批客人並不慷慨，車資壓到市價，不給小費。沒有沙魯的交代，甯霏也知道，在印度不能隨便多給錢，慷慨只會招引瞬間暴增的貪婪，對雙方不利。

甯霏想起多年前第一次到此，遇上春節後的觀光季節，一輛輛大巴士帶來了外地訪客，依序排隊擠進空間狹小的佛陀涅槃屋，然後便漫無目標地四處走動，既沒有咖啡館可休憩亦無像樣的餐廳可解饑，只能彼此等候隊伍的結束。除絡繹不絕的觀光客外，如蒼蠅撲面而來的乞丐，從附近村落蜂湧而至，據說，好幾座村莊居民傾巢而出，不管平時是否是乞丐，即便不是，看起來也像是。於是，便有人出面管理，非常整齊地排列在各景點出入口，彷彿列隊迎接皇室成員般，勾引外國人的惻隱之心。

一開始，甯霏認爲這是狡詐印度人欺騙外國人的伎倆，未料，佈施的動作，卻經常是中產印度人完成，乞丐們很有分寸地拿到銅板便走，不戀棧不糾纏，迅速消失。觀光客早已被導遊警告，不可隨意給錢，以免造成沒必要的意外騷動。甯霏曾忍不住悄悄塞錢給懷抱嬰兒的老婦，仍被發現，遭到包圍與追逐的驚嚇，至今餘悸猶存。原來，施捨亦分內外，差別待遇顯而易見，欺生，在此更明顯罷了。

泥屋裏走出穿著傳統紗麗的女人，帶著黑細框眼鏡，一眼看見沙魯便熱心招呼進屋，沙魯拉著甯霏與香蒂一起，驕傲地展示著新朋友。

屋外如此荒蕪，屋裏竟然排列了好幾個電腦，這是個擁有國際資源支持的社區服務，沙魯說的秘密在這裏，已不需說明。婦人看見沙魯時眉開眼笑，比見到親兒子還心花怒放，恨不得捏在手心裏，忍不住抱著沙魯的臉頰問東問西：「這麼久沒見，又上哪兒去了？」

沙魯往甯霏一指：「他要找耆那村的婆婆，我就把他們帶來這兒了。」婦人自我介紹名叫阿耨羅 Annual，聽到婆婆的名字訝異至極：「婆婆失蹤多年，爲何要找她？你們想算命嗎？婆婆就算在也不隨便給人算命的，你們怎麼知道婆婆的？」

「我們不知道婆婆會算命，只是受託尋找她的孫兒，轉告她的下落。」阿耨羅表情更吃驚地看沙魯又看甯霏，看來看去看了許久，才艱澀地問沙魯：「你是想讓我說嗎？」沙魯點點頭，頑皮地笑：「要不，他又以爲我是騙子啊！」阿耨羅理解地嘆氣：「是啊！我也特別爲自己身爲印度人感到抱歉。」阿耨羅忍不住將沙魯抱在懷裏，久久才放開。

「沙魯 Shahrukh 是你們要找的孩子，他還有一個雙胞胎妹妹蜜多 Mitta，阿米爾 Aamir 是沙魯同父異母的兄長，我相信你們已經在奶茶攤上見過了。」阿耨羅表示自己是被國際 NGO 送到英國受教育的賤民，英國人一直嘗試打破種姓制度，始終沒有成功，只能從教育入手，耆那教村落是比較容易推廣的族群，慢慢地，有些印度教祭司也開始推廣眾生平等，過程受到很大的阻力，甚至最大的障礙來自賤民階層。

「我若非無親無故，恐怕沒有機會受教育，賤民分工很細，聽天由命地認命，也因此懶惰成性，開車的絕對不洗車，另有專人負責，做菜的不洗碗，也屬於專人的工作，做爲賤民，遠比動輒需要養百名僕役的主人輕鬆許多。誰也不願意打破這牢固的飯碗，更何況，最不濟還能乞討，羞恥心是不存在的。」阿耨羅是少數在國外受教育，畢業就決定返鄉服務的。

「婆婆是好幾代的廟妓，擁有天生靈力，而沒有遭到過分踐踏。但畢竟屬於賤民階級，即使她的丈夫是婆羅門。沙魯失去父母，婆婆失去女兒，都因爲愚蠢的種姓制度。婆婆去貧民窟，就是爲了遊說那些愚民，讓孩子受教育。」賤民怕孩子受教育後，會看不起自己的父母，不再接受擺佈，因此集體抵制。

「沙魯與阿米爾都沒有去學校，以免遭到私刑，蜜多則早早地被送走，像我一樣，寄宿在認養人家，接受正規現代教育。」如果不送走蜜多，她就會跟婆婆一樣，被送去廟裏當廟妓。阿耨羅是在耆那村搭建社區服務時，認識同樣躲進耆那教庇護的婆婆，兩人都來自印度教，很容易見面熟，送走蜜多，便是阿耨羅協助完成的手續。

沙魯的求知慾旺盛，阿米爾則淡定沈穩護衛家人，失去父母是他最深的痛，至今難以恢復，因此話不多，若非沙魯的陪伴，很難想像他會變成什麼樣子。阿耨羅表示從事義工十多年，進展有限，沙魯是她極大的安慰。

「婆婆離開貧民窟，那裏的人很快會找上門來，我們得盡快送走沙魯與阿米爾，看來事情比我想像的嚴重。」甯霏讓香蒂去付錢給門外等候的三輪車，給足往返車資，讓他心滿意足地離開。

阿耨羅開車帶著沙魯三人，疾馳在泥沙碎石路面上，輪胎聲音驚人，甯霏在副駕駛座，強忍著拿手巾塞耳朵的衝動。香蒂與沙魯異常安靜地在後座，似乎已覺察出這趟行程的急迫與危險，兩人面色緊繃，高度戒備著。這段路說遠不遠，卻十分煎熬。

車尚未停妥，甯霏打開車門衝到奶茶攤邊，三名壯漢與圍觀人群，層層包圍阿米爾，他老兄仍不急不緩地拉茶，手長腳長地，一拉就是兩三尺，比平時賣力演出。嚇得甯霏以爲那滾燙的茶，隨時可以揮向群眾。

放眼望去，觀光客紛紛從鹿野苑出入口出來，黃昏時分人潮多，也有人注意到這人特別多的奶茶攤，好奇地越聚人越多，不知情的外地人開始排隊買茶，阿米爾忙得不亦樂乎，完全當那幾個凶神惡煞不存在。觀眾議論紛紛，看這陣仗，奶茶一定很經典，非喝到不可。

阿耨羅悄悄地把車停在奶茶攤旁不遠處，吩咐兩個孩子別下車，自己也不熄火。

甯霏繞過人群，刻意表示熟稔地拍拍阿米爾，指指熱滾中的茶水，再比個喝茶動作，彷彿語言不通的老客戶，站在熱鍋旁等候，完全不管大排長龍怒目相視的人群。阿米爾會意地一笑，直接把手中剛盛好的奶茶遞給甯霏，儼然老闆我說了算，證明彼此關係的確非比尋常。甯霏強作鎮定地喝茶，用眼角餘光觀察幾個蓄勢待發的壯漢，盤算著該如何解除困境。

見觀光客裏有說中文的，京腔與閩南腔還有馬來腔，於是便假裝興之所至地用中文大喊：「大家來朝聖，今天我請客，聽得懂中文的，人人有份。」這一喊，把正趕著上遊覽車的人也喊了下來，橫豎天黑後便已無行程，導遊也樂得放水，一時間，小小奶茶攤被各路漢人包圍，擠得水洩不通，愣是把不喝茶的三名大漢給擠了出去，遠遠站著，莫可奈何地面面相覷，琢磨著是否該離去。

既然是免費，也有人喝完繼續排隊，這隊伍似乎沒有完了，天色漸暗，奶茶攤越見熱鬧，昏暗燈光增添了異國情趣，觀光客們彼此閒話，瞬間熱絡得如他鄉遇故知，中文交談盛況，又給這即興奶茶會增溫，一時不打算結束的樣子。

甯霏與導遊攀談，正巧有一小隊就住在 Nadesar 外圍的 Taj Palace 酒店，於是便商議帶上阿米爾一起便飯，順便請教這麼好喝的奶茶祕方，甯霏願意支付翻譯費用，導遊非常高興地答應，轉頭便興高采烈地告知忙碌中的阿米爾，強派其就範。甯霏用電話簡訊悄悄通知香蒂先回酒店等候，阿耨羅便趁混亂繞道離去。

等所有人都喝夠了，一大群熱情佛教徒幫忙收拾奶茶攤，簇擁著阿米爾上遊覽車，幾名惡漢瞠目結舌，只得惡狠狠地看著遊覽車揚長而去。

5 Sravasti 舍衛城

佛陀在祇園精舍 Jetavana Grove 說法二十多年，千年後已成荒地至今。位置在佛陀生死的倫比尼與拘尸那迦之間，離鹿野苑半小時車程。玄奘在《大唐西域記》裏描述了舍衛城的頹敗，卻保留了好學好辯風氣，百家爭鳴氣象猶在。如今已成觀光區域的廢墟，人煙荒蕪，僅存磚瓦，新舊修補痕跡明顯，叫人不忍細看。甯霏一進園區便沒來由地潰堤，仿若霎時進入千年前時空，一時失控地淚流不止，連續幾日逡巡其間，仍無法卸下內心洶湧的波濤。

住在 Taj 的遊客有六人，其他人分散在附近客棧，這一團三十多人，分別來自台北與高雄，旅行社爲節省成本，而把來自各地甚至有不同需求的人組合成團，才會出現同團卻住不同酒店，提供兩種價位的選項，算是別具創意的變通。

導遊轉告，住在 Taj 的陳姓夫婦已訂好晚宴，這一餐他們請客，以答謝難得的夜晚。甯霏腦袋七轉八彎地構思，是否在晚餐時提出求救，該如何啓齒，要說到什麼樣的程度。

沙魯見到阿米爾，飛奔撲進懷裏，連環炮地述說驚險，比說書人的速度還快。甯霏跟導遊交代各自回房梳洗，一小時後餐廳見。阿耨羅跟著香蒂回房，略事清理，便到甯霏房裏聚集。「沙魯與阿米爾沒有護照，不可能立即離境，我已發簡訊通知德里總部，臨時辦理難民証，希望能迅速把他們送走，否則你很難想像貧民窟後面的惡勢力，裏面有千絲萬縷的政治角力，我們 NGO 毫無對抗籌碼，最好能悄悄地進行，不驚動任何人。而且外交部一旦發現，更不會隨便給證件，等交涉，不知要等到猴年馬月。」

阿米爾年紀太大，總部回覆，沙魯的證件能立即簽發，用倫敦認養人名義。阿耨羅在餐桌上，不停用簡訊溝通交涉，滿臉焦慮，根本無法正常進食。甯霏則簡明扼要跟陳先生解釋：「阿耨羅是義工，剛剛有點貧民窟小糾紛，事關教育問題，幸好你們幫了大忙，否則不知如何收場。抱歉，我假裝慷慨，其實另有目的。」陳先生非常吃驚：「沒關係！沒關係！我們喝得很開心，還眞沒喝過這麼好喝的奶茶，要謝謝你呢！有什麼我們能幫的嗎？請儘管說。」

台灣跟印度的關係詭譎微妙，根本幫不上忙，這話不方便明說。「你們已經幫大忙了，目前最頭痛的是怎麼送走他們。沙魯年紀小，可以辦理認養，阿米爾的年齡比較尷尬，我們正想辦法找人給他發工作簽證，時間緊迫，所以阿耨羅正在忙，不能專心吃飯，還請見諒。」陳先生拍拍甯霏的背：「我理解，聽你們說要去倫敦，我剛好在倫敦投資了一家還不錯的餐廳，可以聘請阿米爾當調酒師，你覺得如何？現在剛好是倫敦午餐結束時間，我來聯絡一下。」

整桌人都在各自忙碌聯繫，幾乎沒專心吃飯。幸好是各自點餐，彼此不影響，不像中餐那樣必須一起吃。陳先生讓阿耨羅跟自己的夫人換位置，便於商討如何出證明，等證件的同時，陳先生給沙魯與阿米爾訂下前往倫敦的商務艙機票，提供辦理證件最有力的支撐。

陳先生甚至決定讓夫人留下繼續朝聖，自己親自陪同沙魯與阿米爾，前往德里拿到證件，便一起飛倫敦，確保全程的順利行進。阿耨羅已得罪貧民窟組織，也必須暫時去德里迴避，換別的義工來接管社區服務。

大致安排妥當後，大家終於鬆口氣，輕鬆地吃喝早已冷卻的晚餐。甯霏慶幸自己一時興起住進 Nadesar，否則眞不知如何處理眼前的局面。「我都不知道這裏面有這麼好的皇宮酒店，你眞是印度通啊！」陳先生夫妻飯後跟著參觀隱藏在 Taj 裏附屬的 Nadesar 皇宮酒店，十分吃驚。這種酒店中的酒店，還眞是生平僅見。

飯後到園林雅座小飲，既已訂下行程，便相約翌日出發前先去祇園精舍快速遊逛一下，來日並不方長，恐怕無法確知是否有機會再訪。

送走沙魯與阿米爾，香蒂與甯霏同時想起該給婆婆報平安，便又返回耆那洞窟。

耆那教人口不多，僅約四百萬，一直沒有增加的趨勢，不像印度教與回教徒那樣瘋漲，卻是全印平均教育程度最高，生活較爲富足的。選擇苦行，是在擁有富裕之後，坦然迎向純然的自我。就像南極皇帝企鵝，年年爲生存繁衍而長途跋涉於冰山暴風裏，孑然一身，卻能在大自然的極限下，展現生命力量。相較於企鵝的一無所有，耆那教徒裸身天衣修行，似乎還多了富足的後援部隊。甯霏在耆那教徒身上，看見那盤桓於置之死地的堅持，與面對生命的韌力，超越貧富與生死，似乎也是突破二元對立的方式。如香蒂這樣，不上學，卻能隨時如海綿般吸收需要的知識，純然眞空狀態，這又是幾生幾世的修持？沙魯的自學能力，阿米爾專注烹調奶茶的定力，都是一種超越凡夫的眞空，神秘卻具體眞實。

為迴避追蹤，香蒂與甯霏既已曝光，只得讓酒店派車護送，不敢任意在大街上叫車，即便如此，也不能讓車靠得太近，停在不顯眼的山腳下。幸而司機看似人畜無害，也不多話，樂意無時限等候。

繞過無人叢林，爬了半小時山間小徑，看見洞口前站著婆婆，她沒有手機，如何得知兩人的到訪？這話不便問出口，甯霏眼角餘光看見香蒂的微笑，陡然升起些許惱羞，一時漲得臉紅，加快腳步掩飾蹣躉，衝到婆婆跟前，卻又語言不通，兩人大眼瞪小眼地，越加尷尬。

香蒂似乎刻意慢悠悠地踱步，遠遠跟婆婆揮手，老人家不慌不忙地候著，無視甯霏的滿臉通紅。香蒂好不容易走到眼前，甯霏潮紅臉也散得差不多了，時間掐得剛剛好。

婆婆拉上香蒂邊走邊詢問，甯霏只得跟著。再度造訪，洞窟似乎變得更寬敞而少了迂迴，沒多久便走到底，天衣修士眼眉低垂安靜地坐著，周遭也不像往常那樣包圍著人，這短短的路程，婆婆似乎已安心，不再焦慮地問東問西，空間忽然無比寧謐，幾可聽見彼此的呼吸聲。

「你們快走，順便把婆婆帶下山，讓她跟阿耨羅一起去德里，別耽擱時間。」修士忽然張開眼睛，婆婆就地頂禮完，手腳便捷地左右伸手，把香蒂與甯霏一起帶下山，幾乎是瞬間，便到了停車處，司機靈敏地打開車門，讓兩位女士坐在後座，甯霏坐到副駕駛座位。未抵達酒店前，甯霏已通知阿耨羅給婆婆加買前往德里的火車票，沒有證件不能上飛機。

車子剛發動不久，各種機動車轟鳴尾隨而至，甯霏看後視鏡時，嚇得噤聲不語，司機忽然加速度，綁上安全帶仍忍不住抓頂手把的甯霏吃驚地轉頭看後座，卻見婆婆安詳地握著香蒂的手，輕輕吟唱，彷彿墜入另外一的時空，完全事不關己。快抵達酒店時，司機已甩脫不知名的破爛車隊。終於抵達，進入酒店園林車道，驚魂甫定的甯霏才問司機，如何知道要快閃，頂戴Turban頭巾的司機竟神秘一笑：「這是我的國家，別忘了！」是的，錫克教雖相對年輕許多，卻跟耆那教一樣屬於少數族群，深知這古老民族的信仰與種姓糾葛，警覺性也更高。

甯霏非常擔心天衣修士的洞窟曝光後，安全堪虞，自己已成標的，完全幫不上忙。緊皺眉頭走進酒店大廳，赫然發現身披白布的天衣修士已站在眼前，笑咪咪地看著狼狽的甯霏。

這一驚一詫之間，不知如何應對，卻鬆了一口大氣，彷若再也不怕天會塌了。

Nadesar 通道裏忽然湧出一群西裝筆挺的高階員工，齊刷刷肅穆站在修士跟前雙手合十鞠躬，修士向甯霏招招手示意，便逕直往裏屋走，一群人紛紛跟進。甯霏莫名其妙被簇擁著隨行，扭頭見婆婆與香蒂早被阿耨羅領進，亦步亦趨地貼在修士身後。如此大陣仗，卻也並未引人側目，這在印度十分尋常，不論何種宗教信仰，總有一群人毫不猶豫地跟隨大師，虔誠的態度與生俱來。

在貴賓休息室裏，修士坐在單人沙發上，所有人都站著，沒人敢坐下。修士請甯霏坐在身旁的長沙發上，見他東張西望地不安，又要香蒂也跟著坐，然後讓婆婆陪坐。

修士指著制服群正中央的高大男士：「這是酒店總經理，我兒子。」這一驚非同小可，那司機如此機靈，恐怕也早有準備，難怪廢話不多，否則千鈞一髮之際，多問兩句便無法挽回，根本不可能逃離現場。但決定用酒店車的是甯霏啊！萬一當時做錯選擇呢？若像平時那樣在街上攔機動車，眞不敢想像這會兒被拉去哪裏了。

「你們爲何不早點告訴我？」甯霏有點生氣，這麼多年來進出印度，處處不合理都沒讓他生氣，這回，情緒滿漲，未經大腦地爆發了。

修士和藹地看著甯霏，這才比較出，他看自己兒子的眼神卻是嚴厲的。「有些事情順其自然比預先知道，要容易順理成章，你不覺得嗎？」此時此刻，修士的一雙眼睛如汪洋大海般，包覆了甯霏的視線，春風煦煦般蔚藍，瞬間教人無思無念。正舒服得晃神之際，一隻小手鑽進了甯霏的大手裏，輕輕拉扯著小指頭，才大夢方醒地看見沙魯，驚詫地大叫：「你怎麼在這裏？」沙魯笑咪咪地讓呆滯站立的甯霏坐下：「飛機晚點然後又取消了，我們在機場耗上整天都沒搭上，只好回來，航空公司無限延期，誰也不知道何時才有下班飛機，This is India！」是啊！任何事情都可以發生的國度。

陸陸續續進來許多人，紛紛恭敬地坐在地上，讓沙發上的甯霏十分不自在，卻又不願跟著一起坐地上，修士忽然站起對甯霏說：「園子裏散散步吧！阿米爾陪婆婆去香蒂房裏休息一下，我們半小時後出發。」從未見過如此大陣仗的陳先生，眨巴著眼睛愣著，沙魯牽起他的手：「我們也去散步！」

酒店園林裏瀰漫著芒果熟透的氣息，結實纍纍地黃，串串擠在厚實的綠葉裏，修士隨手摘下兩個，遞給甯霏一個，讓他學自己，放置兩掌間搓揉，直到完全爛軟，啃破尖端的小洞，用力吸乾，便隨手扔下帶核空囊，甜膩誘人的芬芳，讓兩人不約而同伸手各自又摘一個，仿若比賽似地，加快速度吸芒果汁，轉頭見陳先生噴得滿臉，兩手滴滴答答地十分狼狽，沙魯得意地看客人出糗，自己像猴子似的一個又一個，乾淨俐落吃了五六個才停下。空氣裏的甜膩，又濃郁了幾分。

兩手黏答答，正手足無措，四名酒店服務生已肩披白餐巾，端著洗手銀盆走來，分別服務，周到得讓陳先生嘖嘖稱奇：「走遍世界，還沒遇到過這麼皇家等級的服務。」甯霏心事重重地笑了一下。

修士拍拍甯霏的肩膀：「走吧！我們一起去旅遊。」啊？「哈哈！飛機既然取消了，乾脆浩浩蕩蕩一起朝聖，我也好久沒在人間走走了。」

酒店門口，一輛全新的大巴，上車後，是兩排舒適的單人座椅，剛好讓一行人有各自的座位，沙魯興奮地拉著婆婆，安頓好老人家，竄前竄後在巴士車廂裏串門子，歡樂得怎麼也無法安靜下來。修士坐在最前排閉目養神，面帶微笑，甯霏在第一排另一側，用眼角餘光觀察坐姿如如不動的修士，驚歎其定力。沙魯發現新大陸般找到司機座椅後的冰箱，裏面裝滿各種飲料，忍不住大叫：「什麼都有耶！我最愛的可樂與薑汁汽水，太棒了！眞高興飛機取消了。」

阿耨羅告訴甯霏，在陳先生的協助下，沙魯與阿米爾的證件神速批下，隨時能走，眼下還眞是可以放心玩耍兩天，婆婆與孫子難得重聚，想必，這也是修士的心意。

「恆河邊有文明古國數百，如今一一消失無蹤，卻又有跡可循，你們當我們是尼乾外道，從未如我們認識你們那般熟悉，你知道爲什麼嗎？」車子奔馳在無人行駛的高速公路上，忽見大象經過，又出現白牛與黑馬，若非自己坐在大巴上，恍若穿越回到從前。印度的動物比人尊貴自在，愛怎麼走便怎麼走，橫行無阻。修士忽然悠悠地說著，聲音不大，但眾人鼾聲四起，異常安靜，修士綿軟的語音變得鏗鏘有力。

這一日夜折騰，甯霏雖精疲力盡，卻毫無睡意，修士的話異常清晰，莫名地帶著刺痛，甯霏語塞，但不能不回復。

「我應該不能代表所有的佛教徒來回答你，我想你心中早有答案，而我從來不敢去想。」甯霏用手指去摸眼角，竟然有淚，這一摸，竟像是導引河道般，流瀉不已，幸而夜深人靜，車中光線是暗的，自己坐在最前排，看車道飛馳，不至於太尷尬。

「別擔心！如果我不能釋懷，便不可能有此一問。問，其實只是呈現答案。尼乾外道也好，正信佛教也罷，我若仍有分別芥蒂，便沒資格承擔修士的路徑，一步也邁不出。我知道，現在你知道了，也就無此一問。睡吧！累了一天。」神奇地，經此一說，甯霏眞的睡著了。

夢裏，他清楚地知道自己在做夢，卻無論如何控制不了持續的擔憂。明明該進廚房的阿米爾，不知爲何被送到克什米爾邊境戰線，且跟著衝鋒陷陣，實際對敵地短兵相接之際，他手中的刀，無法刺進近身肉搏的敵人，兩人眼神同樣無辜地慌張，對望之下的熟悉感，幾乎讓他鬆脫握刀的手，而對方忽然被同伴用力一推，刀子直接戳進了阿米爾的腰腹，頓時漫天紅血如注，嚇壞了兩人，一起倒下，地面全是屍體，哪裏來這麼多屍體啊？甯霏在夢裏問自己，邊境衝突，不能算是眞正的戰場啊！

四目交接，彼此深知來自相同的信仰，這刀子，根本不該握在手裏，即便是在敵人的面前。

甯霏淚流滿面地醒來，揪心得無法立即張開眼睛，高速公路上，對方來車打開大燈，刺眼地在黑夜裏迎面直射。甯霏用衣袖揉眼，好不容易打開視線，轉頭見修士仍如如不動地閉目靜坐。甯霏詫異自己會如此貼近阿米爾的生命，難道一杯奶茶能帶來生死與共？

「他可以是你，你也可以是他，這一點，佛陀的教法沒有告訴你嗎？」修士仍閉著眼睛，卻忽然技巧地聲聲入耳，仿若就在耳邊。他不好意思說，這些道理，一直停留在理論上，知道，與實際上的知道，其實還有十萬八千里。「那麼，我可以問您，耆那教與佛教之間的差異嗎？」修士張開眼睛轉頭看了甯霏一眼：「我覺得沒有差別，因人而異。對你而言，的確差別太大，遑論一般教徒，那更是千萬里，雖然都在強調慈悲，但僅僅是說慈悲，都可以說得南腔北調，不是嗎？」

甯霏一時語塞，想起夢中戰場，阿米爾眼神裏的汪洋迷惘，柔弱又細緻，什麼人可以如此殘忍地讓他上戰場？太多的信仰假藉上帝之名殘害同胞，以至於，拿著招牌，關起心中的佛龕，讓信仰成爲手中的劍，任意揮出欲望的雙翼。

中途休息，婆婆在阿耨羅攙扶下，一起去了洗手間。才過六小時，一半的路程，難以想像，幾千年前，人們如何傳播信仰？

恆河邊上，富饒土壤餵養了多種民族，以及上百國度，國與國之間，戰役不斷，而眞正的戰場在辯論，哲學論述與獨樹一格的突破性觀點，甚至涉及一國之興亡，供養國士比成千上萬的將士，還威力驚人。「你以爲耆那教徒小心翼翼地不殺生，守五戒，只是枝微末節嗎？」甯霏正悠遊於三千年前的恆河邊盛況，被修士的輕聲細語拉回當下，有點恍惚地答非所問：「我也想去上廁所了！」司機似乎也下車去洗手間了，不在駕駛座上。

休息站比多年前進步許多，有大賣場小餐飲與寬敞的洗手間，穿越開放式餐桌椅，發現司機站在收銀機櫃檯前，一邊喝著奶茶一邊跟售貨員搭訕，彼此似乎相當熟稔，每天在高速公路上奔馳，這大概是司機唯一輕鬆的時刻。

上車後，見修士仍閉目養神，姿勢一點也沒有改變，如如不動若塑像。沙魯忽然從後座走過來：「婆婆還沒回來，你跟我一起下車去看看好嗎？」該有一刻鐘了，的確不尋常。甯霏跟隨沙魯急匆匆的腳步，快接近女廁時，見兩名婦人帶著三名壯丁，跟阿耨羅起了爭執，婆婆躲在阿耨羅身後，十分害怕。此刻，司機也剛巧喝完奶茶出來，立即快步往婆婆方向走。在甯霏尚未抵達前，司機已魁梧地站在兩方之間，展示堅實的肌肉，這才讓人瞧出他精壯的身材，似是經過專業等級的鍛鍊。

沙魯拉著甯霏，著急地奔跑，直到抱住婆婆才放心，兩人一起夾著婆婆往大巴方向走，司機與阿耨羅護衛在後，邊走邊回頭呵斥男女五人。沒想到，以一擋百的司機如此管用，半分鐘內，四人便輕鬆上車，司機立即發動馬達，快速轉進高速公路，再度疾馳於暗夜裏。

「剛剛發生什麼事了？」婆婆似乎驚魂未定，沙魯正依偎在旁安慰著，阿米爾若有所思地不動聲色，看得出他的擔心，難怪不敢下車上廁所。以眼前的情勢，阿米爾似乎比沙魯的處境還艱難。阿耨羅正在跟修士匯報，甯霏聽不懂，只能耐心等待。香蒂悄悄地過來靠在甯霏椅把上，簡明扼要地解釋：「我們被跟蹤了，婆婆下車，正好給他們逮到機會，假藉洗手檯搶水碰撞，兩名婦人硬把婆婆拖到門外，打算交給貧民窟派來的壯漢，阿耨羅膽子大，故意大聲爭執推延時間等救援，好有經驗的處理方式，但若非雄壯威武的司機出現，恐怕誰也難以善了。司機慢吞吞地喝茶聊天，恐怕是防護應變方針之一。在阿耨羅與修士的對話之間，香蒂終於搞懂，司機是Nadesar安排的保鏢。

6 Sankassa 伽施曲女城

千瘡百孔，才是正常人生，否則白活了，女神廟裏的廟妓如是說。甯霏沒搞懂，一群人浩浩蕩蕩地，竟然走進了一座極其隱蔽古老的印度寺廟，建築物早已破敗不堪，亦無人來人往的熱鬧香火，裏面住著如老鴇與雛妓的廟妓，負責打理寺廟的各種祭祀。

修士帶著婆婆、阿耨羅、沙魯與阿米爾，並未讓陳先生跟隨，反而留下香蒂在車上相伴，讓甯霏跟隨在旁。他披上白布邊走邊解說：「你進出印度多年，應該知道廟妓是怎麼回事吧？」甯霏點點頭，卻有點迷惘地欲言又止。修士看一眼甯霏微笑地解釋：「你該知道香蒂敏感，陳先生的單純，現在不宜讓他們見到印度這一面，留下烙印，很難清除。去除二元對立的我執，人人知道，但無法做到，即便只是在概念上釐清，都很困難。是與非有異常複雜的多重面貌，用過去、現在與未來交錯的七度空間也說不完，許多事情只能如是知如是見，如是信解，認爲可以做到已屬難得，認知自己並沒有『如是信解』更不容易，遑論『不生法相』了。其實單單做到如是知如是見，便如人中龍鳳，能讓你一眼感受到此人純粹的光芒，不是嗎？」

自從香蒂寸步不離，甯霏一天天深刻感受到她的敏感，有時，走一步，她便知道他想去哪裏，心裏難免受震盪又不願說破，只能偶爾假裝不知情，刻意改往反方向走。

在這窄小細長曲折的巷弄裏，寧靜異常，大部分人已去田埂上耕作，或出外打工，或端上移動攤販做小買賣，才能讓這群外來訪客悠閒地走進去，修士把時間掐得很準，否則早已被村民們包圍得水洩不通，毫無前進可能。踩在黃泥沙地上，甯霏不免愁思：「如此貧瘠的土地，怎能創造出過往的精緻文明？如今卻又爲何破敗至此？」修士說：「非洲曾經綠意蔥蔥，你信嗎？」他彷彿隨時能撿到甯霏腦海裏盤旋的疑問。「人禍遠甚天災，許多看似天災的大難，其實源自人禍，只是沒有人知道或承認，那是自己造成的。你至少需要五度空間的見地，來如是見。」

「我大略跟你介紹一下，等會兒參加的祭祀，源於印度神話，大樹仙人向花宮國王要求聯姻，卻娶到最醜的一個，於是用毒咒使其餘九十九名美麗公主終身彎腰而無法出嫁。貴國玄奘大師曾在此城宣說大乘唯識宗，擊敗滿城外道而揚名立萬，我們現在要去的地方，可以讓你徹底衝擊無垢無淨，但這並不是我的目的，你只是剛好趕上。」

出了泥巷，一座土牆搭建的小廟，只有屋頂木雕裝飾還能顯示些微信仰上的精雕細琢，近距離觀察，難免嚇一跳，這麼簡陋的牛糞磚屋，卻覆蓋如此精緻的木雕工藝，述說的神話故事像在介紹自己，有如落難公主般高掛天際，突兀又哀傷得有點可愛。這種可愛的感覺，讓甯霏想起日文的泮哇意與藏文的寧羯，同時具備可愛與憐憫之意，也許該翻譯成愛憐，才更符合這阿爾泰 Altaic 語系字眼真正的含義。

小廟前遍撒萬壽菊花瓣，橘黃得土氣，跟泥土地既融合又違和，卻裝置得很用心，花瓣下面用五彩粉筆塗鴉了吉祥圖案，這是迎接貴客的方式，乍看粗糙卻又令人莫名地感動。

一名老嫗身後跟隨七、八名小女孩，忽然從矮小的廟門魚貫而出，人多不嘴雜，相當安靜肅穆。周遭空氣飄蕩著詭異的花香，與各種人畜排泄物氣味，甯霏忽然發現，味道也能是一座阻隔防護牆，讓人立即止步無力前進。正踟躕猶豫間，修士轉頭看甯霏，忽然調皮地微笑：「有些經典裏的文字，並非是無病呻吟的理論，那是眞實生活體驗，只是大多數人自囿於窄小活動範圍裏，看不見大自然的無限可能，便無從領會其中的意義，直接視而不見地背誦甚至歌頌。」這段話，神奇地排除了那道無形阻隔，甯霏的步履亦不再蹣跚。

老媼頷頭俯伏以手和額頭觸摸修士的腳，恭謹地低頭起身雙手合十，身後的女孩們紛紛仿效行禮。婆婆忽然腳步快捷地向前，與老媼頭碰頭爲禮後，相擁而泣，片刻後，招手將沙魯與阿米爾拉到老媼身旁，介紹著彼此，老媼興奮地淚眼婆娑，瑟縮地以手指輕輕觸摸兩人面頰，深怕自己粗糙的手傷了易碎品似的。甯霏忽然明白了，爲何初見老媼時如此面熟，這一幕，竟也讓甯霏心起波濤而鼻酸。

「婆婆的姐姐犧牲自己做廟妓，才保全了妹妹的自由，這些女孩，多半是被遺棄的，若非自願，不會強迫接受傳承做廟妓，沒有特定傳承，這個工作是災難，如你所見。」修士說：「印度信仰的複雜度超越想像，我以前也無法接受，總認爲人定勝天，吃足了苦頭，才慢慢理解，人定勝天是對的，只是人們並不眞的相信，才造成了無可挽救的災難，環環相扣地進入輪迴。」放下一切守戒是如此地艱難，難以想像修士還經歷了什麼。

眾人紛紛跟隨修士進屋，家徒四壁，只有正面佛龕供奉著鎏金毗濕奴化身 Krishna 黑天神，帥氣騎坐牛身吹牧笛，相貌溫潤如孩童，滿臉人畜無害狀，果然是大眾情人最佳狀態，堪稱印度賈寶玉，更何況他還能幻化成無數分身，全心全意陪伴每位情人。如此神話故事，滿足了趨前祈禱的眾生所願。

甯霏聞到熟悉氣味，女孩們紛紛端出熱氣騰騰的奶茶，空氣中瀰漫著阿米爾的經典奶茶味，拿到奶茶後一飲而盡，忍不住看始終面無表情的阿米爾，慢條斯理啜飲，甚至閉眼冥思，好似在尋找或分析奶茶的香料成分。甯霏藉著嘴裏餘味，從舌尖上跳躍著肉桂、綠豆蔻 Cardamom、丁香、生薑、蔗糖，還有什麼呢？一種若有似無的幽香，隱隱然逡巡於口腔，卻難以捕捉。「還有什麼？」甯霏與阿米爾四目交對，忍不住問出聲，惹得修士大笑。阿米爾起身去後廚房，手上拿了一顆完整的肉豆蔻 Nutmeg，笑咪咪的放在甯霏盤坐的腿上。

坐在修士的主位旁，甯霏眼角餘光看到黑天塑像後方，竟站立著高大帥氣的馬頭明王，一點也不像是紅觀音的憤怒狀，又不像毗濕奴坐白蓮的智慧化身，比較接近耆那教主張人畜無害的祖師爺，乾淨睿智得像普通人，只是多了一個像帽子似的馬頭。

「你想問印度教寺廟裏爲何出現耆那教祖師爺，卻又躲在黑天神後面？」甯霏早已習慣修士讀心術般的突擊，乖乖點頭。「你們道教寺廟裏不也供奉著關公與觀音？」甯霏忍不住抿嘴笑了：「這還是不能解釋你出現在這裏的原因。」修士大笑：「那倒是！這塑像其實是在我到訪過後才出現的。」老嫗與女孩們瞬間消失，似乎刻意把大廳留給了客人，婆婆也跟著去敘舊，很明顯地，整個空間只剩下男人。

「就像所有耆那教鼻祖一樣，我們來自婆羅門上層階級，卻無法接受眾生不平等現象，改革，必須由上而下，從下而上會變成革命，而非和平進階。這需要世世代代的教育，觀念上的潤澤與轉化，自覺正義地蠻幹，只會造成災難。」修士解釋同樣是馬頭明王，卻分別在佛教、印度教與耆那教扮演著不同角色，在拒絕崇拜偶像的耆那教看來，那是祖師爺之一：「就跟你們道教寺廟裏也恭奉歷代聖賢一樣，來自生活延續的傳承，精神上維繫著情感紐帶，實質意義，唯有如人飲水，非外人能道。」修士笑稱：「用你們中國人發明的孫悟空，更能理解，猴子一根毛髮能幻化出七十二變分身，那麼，馬頭明王未嘗不能以不同的示現，進出各個信仰。從這角度去看，何必在乎他到底是誰呢？如果它能同時出現在三種信仰裏，諾貝爾和平獎就該頒給馬頭明王，是吧？」甯霏沒想到修士竟也會神龍擺尾地幽默一回，尷尬得哭笑不得，只能用喝奶茶來掩飾跼促。

女孩們端著洗手水盆與雪白手巾，看來是新的，又分別端出剛烙好仍冒著熱氣的饢，托盤上還裝著三個小碗扁豆泥，分別有罕見的黑色與白色，還有常見的咖哩黃，每一種都用了不同的香料，各自散發出獨特的濃烈氣味，一人一份，就著鐵盤用手吃。沙魯端起打包好的食物，匆匆跑出去，想必是給司機、香蒂與陳先生送飯。

飯後，老嫗才帶著女孩們獻舞，如祭祀般肅穆，又如靈蛇般柔軟妖嬈，看得人目眩神迷，卻是心靈平靜而無任何念想，老嫗的聲音竟如天籟，用手鼓給女孩們伴奏，唱頌著各種祭神詩歌，雖無法辨識歌詞，仍能從其中感受出敬畏與愛慕。甯霏在老嫗佈滿皺紋的臉上，實在無法聯想她嘴裏吐出的稚嫩純淨，吃驚地盯著老嫗，而忘了觀賞女孩們的曼妙舞姿。

大廳恢復寧靜後，老嫗與女孩們悄然坐下，修士說了一陣子，香蒂不在，沒有人翻譯給甯霏聽，只能傻愣愣地觀察大家的表情，猜測修士說了什麼。若是他需要知道的，想必修士會自己告訴他，這一路還有幾百公里呢！

婆婆一直在用裙角抹淚，不知是仍在感觸，還是因爲修士的開示。怎麼也沒想到，修士竟然是在跟女孩們致敬。回到車上後，婆婆轉述，香蒂翻譯，甯霏才知道了內容。

修士請女孩們安心跟隨老媼，學習祭祀與舞蹈以及多種樂器，盡量讓自己擁有完整的傳承法脈，才能眞正與神共舞，達到天人合一的境界，長大後，有兩種路可走，留下來祭神，或離開這裏，成爲延續法脈的舞蹈家。「婆婆不會強迫妳們服侍神，眞正的神，是不需要被服侍的。妳之所以在這裏，也許因爲業，更或許是妳自己前生發願，成爲這樣的菩薩。無論是哪種原因，我都要向妳們致敬頂禮。」香蒂翻譯的過程裏，雙眼一直流出淚水，話說完，已涕泗縱橫，完全不像個小女孩。甯霏不忍問她爲何落淚，只能默默遞紙巾，車上樣樣齊備，周到得如酒店的六星服務。

從設計精巧的小冰箱裏取出礦泉水，遞給香蒂時，忍不住問：「我們能爲她們做些什麼嗎？」甯霏眞正想問的是，耆那教團與印度教徒如此大的生活差異，在物質上幫助這些女孩，根本輕而易舉啊！香蒂接過礦泉水，沈默不語，甯霏亦覺自己失言，怎能問小孩這麼大的問題，眼前的香蒂似乎瞬間與自己平起平坐，不再是個孩子了。

「你已經做了你該做的，如是知如是見，便夠了。如果你能用五度空間思維去看周遭人事物，便會冷靜下來。」修士雙腿盤坐躺椅上，紋風未動。五度空間，說的是時光旅行嗎？用臆想？

「先不說眞正的穿梭時空，無論哪種信仰，印度人之所以相信輪迴，來自生活中的經驗與證據，許多延續性傳承，世世代代傳遞記錄著法脈，從而拼湊著集體一起理解生命現象，這樣的理解，是經過一代又一代的實證，而非一人之功。你也可以這樣看，肉身的你，一再轉世，接續自己過去累積的經驗，慢慢在生生世世的流轉裏，完成一場實驗，實驗過程，始終刻印在你靈魂的記憶卡裏，直到你親手解開密碼。」甯霏想起了《金剛經》結語的「夢幻泡影」。

「知道了看見了越多，越明白事無對錯的眞相，耆那教徒之所以能夠打破階級界限，正因爲對輪迴的理解。站在究竟眞理面前，我們所有人的理解，都是片面的。你看見階級的荒謬，並不代表別人也在同樣的情境裏，插手別人的業緣，代價不只有今生今世。這好比有人用十年可以還清業債，卻因爲你無心的好意，讓他用半世紀才結案，這是好還是壞呢？」難怪耆那教主張不傷害，自主性的不造惡業，已然止息了一半的業。甯霏鼻子裏忽然翻開剛進小廟時聞到的氣味，人畜排泄物與自然花草和濃重的廚房香料，奇異地在空氣中匯流，乍聞錯愕，坐定以後便不再受干擾，但氣味的記憶一直在。

香蒂拿水回到自己的座位，她雖未跟著一起去小廟，這番交談，已讓她有了畫面，滿面愁容地完全投射到自己身上，如果她被遺棄到街上，下場恐怕比小廟裏的孩子們更慘。

夢裏，甯霏看見馬頭明王帥氣地站在眼前，竟比黑天神還貌美，正想走近些細瞧，忽然自我審視出三個化身，七嘴八舌地辯論著。「我是觀音的憤怒像，專門吞噬你的無明與病苦。」「我是耆那祖師爺，將破除你的我執。」「我是毗濕奴的白馬坐騎化身，我將挽救崩潰的世界次序。」「我是黑色的」「我是紅色的、我是白色的、我沒有顏色……」正遊走在佛、耆那與印度三教間吵得不可開交，帥帥的馬頭明王忽然消失了，甯霏驟然被掏空般絞痛，彷佛失戀般醒了過來。醒前驟然發現：「原來每個人都可以自我掃描，內心深藏的秘密，都將一一揭露。」

黑天與馬頭明王同時放置在小廟裏，似乎有很深的隱喻，兩者對印度教徒而言都是毗濕奴的化身，卻又各自肩負著入世的使命，而馬頭明王又被帶入了耆那與佛教的廟堂裏，這緣分，還眞難說清呢！甯霏沒有問，他已清楚地覺知著，修士能閱讀他腦海裏的波濤，需要說的，不必問，他一定會在必要時說。

「許多神話故事的情節詭異，幾乎不可能在人間發生，卻又被廣傳，這裏面的隱喻，經常涉及輪迴。」修士在甯霏夢醒時開口說話，時間精準得彷若他是夢境的旁觀者。「譬如曲女城，因爲大樹仙人求親不成，嚴懲了 99 位美麗公主，但他仍然獲得了最小的公主，身爲資深隱修士，卻爲何用咒語作惡而不自省私慾？」甯霏知道這絕非表面看到的故事，至少能挖出個兩三層，才堪稱神話吧！

「如果我說這九十九位公主不但被迫終生彎腰而不得出嫁，甚至生生世世一再轉世到曲女城，做了廟妓，你信嗎？」甯霏渾身起雞皮疙瘩，寒顫持續了許久，印度神話太恐怖了，這樣的威脅，幾乎是永無止盡。這是多嚴厲的懲罰啊？她們不過是不願意嫁給又老又醜的大樹仙人而已，何至於承受如此重責？

「許多事情的發生，也就一兩個念頭之間的事情，沒這麼嚴重，卻非常可觀。」甯霏腦海裏忽然冒出奇異的念頭：「難道香蒂是那嫁給大樹仙人的小公主？」一念閃過，修士閉目養神的臉龐拉起了小弦月。

「你就當做這是她們集體合演的一場舞台劇，看戲就行了，不需要解讀，人人都有各自投射的影像，甚至歲歲年年皆不同，放在心裏，慢慢消化，她們是誰或變成了誰，也就不重要了。」修士的聲音直接鑽進甯霏的耳朵，彷彿只說給他聽，清清楚楚，但微乎其微。

「千百年後，貴國玄奘大師 Mahayanadeva 在此宣說大乘《制惡見論》，擊敗所有外道，以自己項上人頭做賭注，是何等盛會，卻爲何選擇在此？因緣不可思議。」難道玄奘是大樹仙人轉世？甯霏的腦海又開始波瀾不驚地漫遊。

「想吃川菜嗎？陳禕是河南人，卻自幼在成都滯留多年，川菜一路被帶到喜瑪拉亞山脈進入印度，成爲中國菜的代表至今。」唐朝時辣椒還沒有進入亞洲，但香料早已從西域引入，西安菜餚裏的波斯氣味，便蔓延恣意遍及雲川，菜餚的濃郁精緻度亦互爲表裏，如今也分不清骨子裏的川菜，是否來自中東的影響。

花椒過多的麻婆豆腐、胡椒太重而不酸的酸辣湯、勾芡過稠的回鍋肉、麵皮太厚的抄手、花生粉太多又過甜的擔擔麵，芝麻肉絲倒是乾香得特別有嚼頭，而乾燒雞翅又是意外驚喜，素燒乾扁四季豆與乾椒高麗菜，則是更意外的饗宴。只是這半車吃素的耆那教徒，卻爲甯霏點了這許多肉，實在過意不去，陳先生倒是吃得特別高興：「哇！想不到在印度可以吃這麼正宗的中餐，太意外了！」跟倫敦的中餐比，印度的確佔了地利與歷史之便。

在曲女城與王舍城之間，新蓋的度假村裏，安置了還算像樣的中餐廳，據說是專門爲近年踴躍的中華朝聖團設置的，頗受好評。「下次朝聖要住在這裏，太方便了。」陳先生愉快地表示，華人腸胃很難討好，異地嘗鮮僅止一兩餐，過後就開始吃自備泡麵，或四處找中餐，有這麼一家設想周到的客棧，實在太讓人感激了。

印度饟與窯烤 Tandoori 燒雞，這兩樣最受華人腸胃歡迎的波斯與北印旁遮普食物，滋潤而不乾澀或濕爛，家常卻不容易做得好吃。陳先生餐後忍不住找來大廚，仔仔細細地詢問了窯烤香料燒雞的製作過程，顯然是相當滿意這家餐廳的品質。

雞腿滑幾刀後，用檸檬汁、玫瑰鹽、紅椒粉、薑蒜泥揉捏醃製片刻，另外用去水奶酪、海鹽、Masala 綜合香料粉、紅椒粉、薑蒜泥、芥末籽油一起攪拌成醬，均勻抹在雞腿上，放置半小時後，進烤爐，呈金橘色後，刷塗奶油再烤 5 分鐘，出爐後，再刷一層奶油。香濃油潤的烤雞，便能滿足任何饕餮了。陳先生聽得食指大動，恨不能直接進廚房動手實驗一回，最終只興奮得與大廚合照，然後重重地打賞小費，皆大歡喜。上車後，陳先生若有所悟地問阿米爾：「你會做嗎？」阿米爾靦腆地表示，到倫敦後，可以親手爲他製作燒烤泥窯，把陳先生樂得合不攏嘴：「就知道你一定會，我眞是賺到了寶。」

阿米爾害羞地一笑：「我還想爲你做一道太陽膳食，用墨西哥原食材，波斯帝國的地中海烹調法，有陽光的氣味與喜悅感，很健康療癒，我相信會受歡迎。」陳先生高興得一直拍著阿米爾：「會的會的！我相信你做什麼都好吃，我們到倫敦後可以慢慢試菜，你幫我研發新菜單，我給你部分創意乾股，一起合作。」阿米爾驚訝得手足無措，一時不知如何反應，只能突兀地走進廚房，跟大廚商量借用。

沙魯幫阿米爾和麵，在麵糰裏揉進了薄荷、百里香、羅勒等抓鹽保持翠綠的新鮮香草，片刻間，一團琵琶湖綠麵糰漂亮柔韌地躺在砧板上，阿米爾已備好了切細絲的番茄乾、現打番茄原汁、切片番茄、切末紅椒、切丁馬鈴薯、匈牙利紅辣椒粉、孜然粉、綠豆蔻帶皮現磨，全部一起放進湯鍋裏，加入鹽、橄欖油與奶油，直接開大火拌炒均勻，同時讓沙魯將麵糰　平切成寬麵條，入滾水略微氽燙漂浮即撈出擺盤，把後熟時間一起計算進去，水汽飄散降溫後的嚼勁剛剛好。熬好的紅醬汁，往翠綠麵條圈中心倒入，仿若綠牆裏的紅海，再撒上微烤香的松子，便端出去讓陳先生品嚐。

才吃飽沒多久的陳先生，竟一口氣掃光分量不小的太陽翠湖麵，滿頭大汗地笑開了花：「太經典了！你必須是我的合夥人！」修士與甯霏相視而笑，似乎早已心照不宣，此時此刻的場景，莫名地熟悉，恍若夢境。

7 Rajagrha 王舍城靈鷲山

車子轉進竹林精舍前，甯霏忽然昏睡，做了一個極短的白日夢。

在王舍城仍繁榮的年代，他躺在冬日竹林（Kalandaka Venuvana）裏，暖風習習，湛藍天空無雲無霧地乾淨，猶自進入睡夢中，滿天飄著四瓣黃花，似掛未掛地飛舞，分不清是遠處飛來的天女散花，還是竹林開花，心裏想著，若是竹林開花，那整片綠林不就枯萎了？這念頭一出現，綠葉瞬間消失，僅剩飄浮在空中的黃花，美麗而哀傷地搖擺，清透如玉輕如鴻毛，仿若黃花也知道自己失了根，命將盡。甯霏醒來，才知做了短暫的夢中夢。

雖號稱竹林精舍，其實光禿禿一片，經過觀光興盛後的刻意造林，仍稀疏錯落，空蕩乾燥的空氣讓塵土更張揚，像包裹人身的烤箱，促使人升起逃離感。走完塵土飛揚的精舍原址，修士領頭前往稍有綠意的觀光區，找到一名遊方 Sadhu 沙度，唱頌梵文經書，眾人三三兩兩或坐或臥在大樹下的草地，各自坐定後，沙度開始唱頌，忽有兩名沙度亦加入，梵音彷彿引來涼風，四面八方地吹拂，身體裏的燥熱也霎時無蹤，舒服得叫人昏昏欲睡。

適才短暫夢中夢裏的晴空，忽然聚集了層層雲朵，可愛地掛著，又慢慢地似飄散未飄散，如瀑布又如簾幕般垂下，閃閃發亮地墜落，好一會兒，甯霏才看清，竟是飛舞的螞蟻群，雲蟻，忽有聲音告訴甯霏，這是名字還是狀態？想著想著，雲蟻閃爍垂落到浩瀚壯觀的瀑布裏，蟻水難分，曼妙至極，銀閃雲蟻如水如霧地穿梭在被陽光穿透的瀑布間，看得人眼花繚亂，它們在做什麼？念頭一起，甯霏看見了瀑布簾幕裏的蟻后，沈靜地被禁閉著，這才發現，瀑布也是雲蟻群，難道是兩方雲蟻在搶蟻后？

蟻后的身影如碧藍瑟瑟，不像是屬於雲蟻的族群，雖清透如是，卻又截然與眾不同。問題並非出在形式，蟻后的狀態事不關己，兩方雲蟻也不像在打仗，對峙而不廝殺，亦似乎是震懾於端坐在裏面的蟻后，只等它發落。甯霏注意到蟻后身上顏色開始產生變化，色澤越來越淡，幾近於全透明時，洞穴飄落的瀑布雲蟻群四散飛揚起來，在璀璨陽光下冒出無數漫遊的虹霓。正想著蟻后會如何出現，甯霏被這光彩奪目的場景嚇醒了。

一張眼看見修士，沙度們早已離去，甯霏忽然脫口而說：「你不像是擁有僧團的人，手上掌握如此龐大資源，想法超越教條，爲何不獨創宗派？」修士難得露出鄙夷表情：「宗派？我沒有那麼大的悲心去聚眾狂歡。」甯霏詫異地反問：「那你又管這麼多的閒事？」話說出口，驚覺魯莽又詭異，這不是自己要說的話啊！卻見修士哈哈大笑：「你怎知我管的是閒事而不是自己的事？」甯霏諾嚅著不知該如何解釋自己一腦袋糨糊，修士拍拍甯霏：「可惜啊！你沒等到蟻后走出瀑布便醒了。」啊？既驚訝又不意外，甯霏不置可否地想：「錯過了，就是該錯過。」

香蒂遠遠地在草地另一頭彎身跟搖搖晃晃的小女孩說話，旁邊一大群老少圍觀似是小孩家人，很不尋常地任由陌生人逗弄幼童，看氣質裝扮，應該是生活算優渥的中產階級。在午後烈陽的曝曬下，香蒂的身形逐漸透明起來，甯霏不由自主地轉換坐姿，看是否是陽光擾亂了視線。香蒂轉身往回走，修士亦同時起身，眾人亦跟著紛紛站起來，甯霏不得不也挪開視線，那一瞬間的透明身形，又回復了正常，讓甯霏毫無探究的機會。

「小女孩一直跟著我，只好跟她說幾句，我一走她又跟著，最後只好找到她媽媽抱起來，免得我變成幼童綁架犯，這些家人還眞放心，又跟我聊天，問我是不是印度人，我不像嗎？」沙魯調皮地印度式甩頭：「不像不像！」香蒂難得動手揑沙魯的兩頰：「就你像，腮幫子肥嘟嘟的，皮膚曬成黑炭。」沙魯樂呵呵地不以爲忤：「是呀！揑起來舒服吧！」全部人都笑了，沿途緊張氣氛，似乎也在此時此刻鬆綁，人人都心情輕鬆起來。

司機推薦附近的點心茶館：「點心正宗，奶茶濃，就是地方有點殘破。」陳先生高興得拍手：「我剛好餓了！」其實是對食物的好奇，阿米爾理解地一笑，也附和：「中午忙做飯沒吃飽，現在也剛好有點餓。」甯霏訝異地看著難得張口的阿米爾：「你也會肚子餓啊？我還以爲你不需要吃飯呢！」沙魯興高采烈地揮手：「對耶！對耶！我哥從來不餓，只有眞正高興的時候才會餓。」沒想到隨口一句，還眞抓住了阿米爾的特質，甯霏對自己今日的言行不無驚訝，詭異至極，丈二金剛摸不著頭緒。「也好！吃完茶點再去靈鷲山。」修士說。

大夥兒步履輕快地跟在司機後面，似乎三兩句便被他挑逗得飢腸轆轆，人人越走越快，彼此感染著興奮之情。司機走到一座沒門沒窗的茅草屋前，裏面只有幾張小桌子，眾人只得分開坐，司機做主，每種點心要兩份放置在兩張桌上，一人一杯香料奶茶。怎麼也想不到這小小破房子，竟有如此多樣鹹甜點心，據說下午茶習慣來自英國殖民後，但這點心製作卻是非常波斯帝國風，各種堅果與香料混搭的富裕豔麗，重油重料，視覺上便已非常飽人，沒有一點適應期，還真難以下嚥。甯霏只喝奶茶，陳先生不敢碰甜死人的各種圓球，只吃了看著眼熟的咖哩餃。

阿米爾極力推薦街邊小吃 Pani Puri（北 Golgappa/ 西 Foochka/ 中印 Gupchup 各地填料不同而名稱各異的油炸麥餅），有點像空心芝麻球的小麥球，吃的時候戳破一個洞，再把羅望子綜合醬汁、扁豆或鷹嘴豆泥與馬鈴薯泥填進去，一口塞進嘴裏，五味雜陳，好像七彩小泡泡在口腔裏舞蹈，異常熱鬧有趣。阿米爾說：「外面街頭賣的醬汁，沒有這裏講究，他加了好幾種新鮮香草，入嘴特別芬芳。」陳先生一試驚爲天人：「阿米爾會做嗎？這個點心太神奇了。」阿米爾自信地微笑點頭，陳先生高興得贊不絕口：「我相信你做的會更好！」沙魯立即拍拍陳先生：「你終於知道我哥的厲害了。」香蒂噗嗤一笑：「你哥是你的神！」沙魯得意地猛晃頭：「當然！」

到了靈鷲山頂，沒想到是這麼小一塊岩石頂座，頂多容納二十人便已擁擠，實在讓人驚訝，佛陀當年如何說法？那可是八方來集的人天盛會，怎麼擠得下？難道真的都飄在空中聽法？佛陀在此開示了《妙法蓮華經》、《楞嚴經》、《無量壽經》與《般若經》，無數菩薩的身影在此顯現，那不是靜態宣說，是各種真實角色扮演的示範。

修士端坐山頂平台，口中默念梵語《般若經》濃縮版而傳播最廣的《心經》，甯霏聽不懂卻若有所感，香蒂轉述後才明白那感受，其實是無法用文字產生畫面的時空，一幕又一幕地顯現，不知今夕何夕，仿若《心經》等於《般若經》地交織，並非剪斷的片面場景。

複誦多回後，甯霏也熟悉了一再輪迴的梵文唱頌，熟悉感深入肌膚地增強。晚霞餘暉照在安坐修士身旁的香蒂頭頂，被雲彩拆散的霞光，若探照燈般在香蒂周身挪移，若隱若現地穿透，幾乎把香蒂變成了彩色透明人。

不知過了多久，沙魯搖晃著甯霏的肩膀：「你又做白日夢了？大家都下山啦！」眼前空蕩蕩一片，竟沒發現他們幾時離開的，甯霏呆滯地看著沙魯：「我睡著了嗎？」沙魯搖頭晃腦地笑呵呵：「我不知道啊！你自己睡著了沒不知道嗎？」甯霏一臉糊塗地問：「我沒睡著嗎？」沙魯哈哈大笑：「要問你啊！你就一直坐著，所有人跟你講話都聽不見，兩眼發直，像是睡著了，可眼睛張著呢！」啊！甯霏用雙手搓臉，讓自己醒醒，卻毫無頭緒。

沙魯乖巧地牽起甯霏的手，拉著下台階，彷彿大哥哥似地照護著，很嚴肅地指點甯霏注意殘破台階與拐角，別在晃神狀態下滾下山。

好不容易暈呼呼地上車，修士笑瞇瞇地看自己，香蒂也同樣的表情，然後發現全車人都用一模一樣的神情看著自己。甯霏傻呼呼地問：「我剛剛怎麼了？」這一問，全車人包括司機都笑了起來，只有沙魯同情地忍住笑，安撫著讓甯霏安坐下來。

「沒什麼，就是神遊去了，一直在笑，誰也看不見。」修士難得沒有忍住笑意地看甯霏，像是老爺爺看乖孫，帶著憐愛與疼惜，看得甯霏滿臉發熱。

觀音，既非中式女相地站著佈施甘露，也不是垂目靜坐修士狀，亦非千手千眼有求必應如意寶，而是輕鬆自在地半伽趺座，週邊清溪流瀑碧草如茵，雖閒散自如，卻又觀遍照地一覽無遺，非男非女，即使是想性別，此時此刻也顯得愚蠢。此念一生，甯霏想要問什麼都忘了，白白浪費一次機會，而觀音直接透明得融入了瀑布裏，再無蹤影。耳中，清晰地迴盪著《心經》梵音，字字句句打在心間，那不再是聽不懂看不明的文字語言，雖失去了觀音，卻看見了《心經》，甯霏無法遏制地微笑起來，笑得傻呼呼的。

再次入夢，還原了靈鷲山的場景，又是夢中夢。甯霏看見自己在做夢，其他人則專注地聆聽修士的梵唱。即便是夢裏，梵音聲聲入耳，未曾停歇，且越漸清晰，夢醒時，畫面逝去，留下的是清清楚楚烙印在心間的梵意，從頂門經過喉嚨滑入胸口中央，而意識到那位置仿若心臟般隱隱跳動著，那明明不是心臟啊！甯霏納悶地注意著脈動般的頻率，而恍惚起來，身外化身的自己問自己：「你是誰？」反覆地詢問直到醒來，耳朵裏仍盤旋著細若游絲的問話。

車子似乎沿著恆河岸邊疾馳，而汗涔涔夢醒的甯霏卻開始思索香蒂到底是誰？為何她的身體有時是透明的？對岸燈火異常地閃爍著，似有濃煙四竄，甯霏忽覺饑餓，這種難得飢餓感久違多年，新鮮而讓人亢奮，開始期待即將到來的晚餐，不知今夜將吃到什麼。

藏書近千萬卷的那爛陀（無畏施）大學，荒廢千餘年後，經過整修與政府支持，邀約各地學者前來助陣，並籌募捐款獎助學金，讓國際哲學研究生與出家學僧壯大學院復原後的知名度。可惜課程不多，遠不如千年前玄奘就學時期萬人辯經盛況，舉凡哲學、醫學、天文等廣博科目齊備，就連校園也狹小得可憐而門禁森嚴。修士在晚餐前帶領眾人浩浩蕩蕩旁聽一堂課，甯霏飢腸轆轆地看掛著教授頭銜的人，面對閒散進出的學生與僧人，有一搭沒一搭說佛教簡史，著實讓人傻眼，恨不能讓八世紀棒喝那爛陀全寺的寂天 Shantideva 大師再出現，展現那落花流水般的言教。想到那已成斷垣殘壁的觀光景點，眞叫人鼻酸，那爛陀歷代高僧們的身影何時才能重現？

在嶄新的那爛陀大學門外，零零落落小吃攤，以及閒步牛羊，間雜著往返頭頂木柴的村民，還有遊蕩的年輕人，似乎是好幾度時空交錯，時代停滯的族群與新世紀人們，各自穿梭，互不相擾。甯霏呆望這場景，恍若隔世。

佛陀曾在王舍城西山溫泉沐浴，修士表示今夜就去泡溫泉，回味一下佛陀在此常駐時的況味。甯霏忍不住問：「我一直以爲你是耆那教修士，原來你是佛教徒？」修士比往常誇張地哈哈大笑，差點岔氣，久久才緩過來。「我以爲你對恆河非常熟悉，卻原來也會問出這樣的問題。」啊！甯霏刷地瞬間臉紅脖子粗，尷尬了半天才擠出話來：「是我成見太深，想不到您可以恢復千年古風。」修士溫和地微笑：「不是古風，歷代祖師爺留下的典範，從未斷過，這是我的傳承，辯經不論宗派，沒有門戶之見。門派分別，是末流跟從者，不明不白地追隨，未得其中三昧，才鬧得雞飛狗跳，我相信你是明白人，應該知道原委。」甯霏羞赧地點點頭，沒想到自己下意識地看輕了眼前的修士，這麼多天相處，雖敬佩有加，竟沒有拿出眞正平等心，臉紅得難以平靜。修士理解地摟摟甯霏，拍背安撫，才漸漸平息了一時升起的無名火。

晚餐很豐盛卻沒有特色，酒店式自助餐，印度與西餐甚至還有幾道中式菜餚，擺放得玲琅滿目，卻很殺胃口，甯霏走了一圈，拿著空盤發愣，阿米爾忽然走近，溫文小聲地推薦：「坦都里窯烤雞做得還可以，饢也有水平，扁豆泥的香料配置還算周到，不至於太濃烈，適合外地訪客。」甯霏感激地笑了：「謝謝你！」阿米爾微笑得誠懇而神定：「這裏的拿鐵拉花很漂亮，我剛剛看見了，他們的奶用得不錯，你可以試試。你已經好幾天沒喝咖啡了。」阿米爾注意到甯霏有喝咖啡的習慣，這讓甯霏銘感五內。

沒想到平時不言不語，卻觀察入微，甯霏坐下用餐時，不免省思自己對人先入爲主的偏見，阻礙了交心機會，深感自慚形穢，難得遇上這些看來平凡的奇人，自己卻做不到「如是見如是知」，自稱佛教徒是何等的羞愧？

戶外浴池，甯霏見人人在浴池外擦拭抹身，男女共浴，看得傻眼。幸好修士先帶大家參觀一圈，再回酒店，各自換上圍裙裝備，才能裹身入池而不必赤身裸體，太尷尬了。人前更衣實在是個技術活，沙魯先在房間裏示範了幾回，確保甯霏能靈活將一塊布恰當地遮掩，而不至於無預警滑落，才敢出門走到溫泉池邊，泡在水裏不免遐想，當年佛陀是如何泡湯的。

「你眼中的外道，經過兩千多年辯論，都未能超越佛陀當年在此的開示，然而沒有這些奇奇怪怪的外道，你能辨析佛陀言語之間的神奇變化與指向嗎？」修士閉目養神地泡湯，卻仍能細聲細語地說著，音量恰到好處地傳入甯霏耳中，不驚不擾，卻震撼力十足。甯霏想起經典裏各種論辯場景，誰又能說提問與答辯者孰高孰低？那何嘗不是一場宣教戲碼？

「貴國道宣法師說妙法蓮華經，天上地下如此多眾生來瞧佛陀，若非出於大悲心，如何能夠降服各方神魔？而這也因爲過去多生多世結緣，才能直指人心地受用，卻仍需方便運用神通以震攝各方各種我慢。如此法教才能在千百年後讓我們看見，你覺得我們是否也具足了因緣？」甯霏在溫暖的泉水裏顫抖，渾身雞皮疙瘩悚然，這位耆那教修士不僅僅是心胸開闊而已，他擁有的學識超過了自己能夠想像的範疇。

香蒂與婆婆和阿耨羅手腳靈活地裏身入水，在距離不遠處，聆聽修士有一搭沒一搭的輕聲話語，片刻後，阿耨羅又翻譯成北印語給香蒂與婆婆聽。這種有點難度的內容，做爲現代知識份子，阿耨羅卻駕輕就熟，讓甯霏十分欽佩並羨慕，不僅僅是社福義工，讓她做的每件小事都飽滿立體起來，自帶能量地有滋味。

沙魯把溫泉當游泳池，領著陳先生當導覽員，嘰嘰喳喳地介紹這附近的印度教與耆那教廟宇，地理變遷與歷史典故，如數家珍，把陳先生鬧得一驚一乍地，沒料到這小小孩這麼能說，一個沒上學的孩子，肚子裏裝這麼多知識，讓陳先生深覺不可思議，甯霏看得不禁莞爾。

阿米爾不知去了哪兒，眾人泡得面紅耳熱，他才姍姍來遲，手裏拎著一大袋東西，分發給每個人，甯霏才發現是拉花完美的熱拿鐵，正好在湯池裏解渴。晚餐時，甯霏吃得慢，沒來得及要杯餐後咖啡，阿米爾竟也周到地補上。「這裏的鮮奶品質非常好，不喝可惜！」阿米爾羞赧地補充說明自己的多事，甯霏只能還以感謝的笑。

開放式的公眾浴池裏，遊客居多，來自各地的印度人與日本觀光客佔大多數，日本人也有樣學樣地，裹著大長印花棉布，隨時鬆開捆綁地洗浴，動作嫻熟，似乎是常客。人流越來越少，天上的星星益發地閃爍，這高地位置，實在是觀天象的好位置，難怪這區域的天文學如此發達。

「日月星辰流轉軌道與地球生命息息相關，歷代掌握知識的人，都必須先從天空取得信息，知天文而有了數學基礎，才能論哲學，然後產生其他的支微末節。抬頭望，是解答佛陀話語最好的入門鑰匙。」甯霏在《金剛經》裏發現了，若非用星空做譬喻，很難說明這浩瀚裏隱藏的眞諦，爲何能如此神奇自如而不受大小二元概念的束縛。

甯霏跟著修士一起抬頭仰望星空，眼睛如泡湯受熱般流出汗水來，這股汩汩流出的體液，順著臉頰、頸脖、項背的肌膚，與身體汗水匯流，有若天人合一般交集，從所未有的舒暢。

不知何時，湯池裏只剩下修士、甯霏與阿米爾三人，阿米爾不像是喜歡泡湯的人，他留下，就像是侍衛一樣地守護兩人，不動聲色。修士一起身，阿米爾立即遞上乾淨的印花長巾，手上還有一條，顯然是給甯霏準備的。原本杵在池子裏，想等所有人離開，再出池擰乾裹巾，學印度人那樣濕嗒嗒地重新裹身，回屋裏再換上乾淨衣服。阿米爾的周到，再次讓甯霏羞愧，他卻無思無想地動作自然，彷彿已經這麼做了許多年。

這一夜，收獲太豐盛，甯霏躺在舒服的棉布床上，逕自清醒起來，看著窗外明亮的星空，胡思亂想起來。

8 Vaishali 毗舍離（廣嚴）

醒來才發現自己睡著了，睜眼一夜望星空，平靜無波，也沒有失眠的焦慮，就只是放空地躺著，卻仍然在不知覺間進入了夢鄉。維摩詰居士像武林高手般，把佛陀身邊最親近的弟子們，無論修持高低，全批判了一整圈，僅剩下手握智慧利劍的文殊菩薩沒有遭殃，最後，維摩詰俯伏頂禮佛陀，毫無勝利歸來的姿態，瀟灑依然。夢裏演繹經典畫面，才想起，翌日即將前往維摩詰的家，那是個量子態般可大可小可滿可空的居處，只有在夢裏才敢相信吧？什麼樣的「凡夫俗子」能如此寬廣無邊地自如？

進入最後一段朝聖旅途，眾人即將在 Patna 巴特納機場分道揚鑣，沿途景觀讓人絕望，路上往返的人，卻生氣勃勃，完全無視於周遭的乾枯死寂，叫人不得不思索，這些人到底如何維生？如此對比，越加彰顯了朝聖心裏的渴望與放下。

毗舍離在巴特納機場附近，卻空曠得很容易被忽略，地方小卻名「廣嚴」，實在難以置信。幾千年前，這裏曾經肥沃繁榮而學風鼎盛，廣納百家爭鳴而民風純樸，又曾組聯邦共和國。佛陀在此收受傳戒比丘尼，破除種姓與兩性界限，卻在其沒落荒蕪之後，選擇在此圓寂。《維摩詰經》、《藥師經》、《楞嚴經》都在這狹小之地形成，而上座部與大眾部教派分離，也在此發生了。甯霏想起《金剛經》裏佛陀說的「如是見如是知」，看見了知道了，如此而已，不再升起標籤式的「法相」，才有機會層層進入「如是信解」而吃到洋蔥裏層鮮嫩的滋味。

「毗舍離在婆羅門嘴裏，既是廣嚴，又有賤民之意，這裏的人是王族後裔，卻又因緣際會地被棄之如敝屣，再又被慧眼識破而自成皇族，然後再度沒落，世代遊走在貴賤之間，仿若夢境一樣地呈現著無貴無賤，破除了二元對立分別見。還有比這更好的教法嗎？身體力行地進入輪迴，一再演示，菩薩行的典範啊！」修士在烈陽下踩踏黃土，燥熱煙塵毫無威嚇力，一派悠閒地讚嘆著，就像他自己形容的，如夢似幻，不值一哂，仿若將週邊視野幻化成螢幕上的影片，看著就好，不需要跟著起波濤。

到了午餐時間，這裏荒郊野地的，根本不可能有吃的。甯霏心裏正這麼想著，見阿米爾、司機與修士似乎正在商議吃飯的事情，最終拍板：「去司機家吃飯。」啊！

這樣的結論還眞把甯霏嚇一跳。難得經過家門而不入的司機，被親戚瞧見而告知家人，非逼著他把客人帶回家吃飯，才靦腆地跟阿米爾商議，這自然需要修士同意，結結巴巴地沒把話說完，修士就說：「走吧！我也餓了！」乾脆俐落，早知如此就不用費力說半天才把話挑明。

司機高興得都要顫抖了，哆嗦著打電話通知家人趕緊備宴，阿米爾傳達修士交代，有饢有扁豆泥即可，不需要費事，大家都餓了，大部份人得去趕飛機，時間也不夠多，越簡單越好。

穿越大片黃土地時，甯霏忍不住想，如此荒涼地，哪兒來的食物？就連水源也看不到啊！在這短短路程中，修士如導覽般告訴滿臉疑竇的甯霏，三千年前曾被希臘波斯人統治過的北印度，留下了溝渠灌溉技術，沿用至今雖已歷經戰亂而殘破污染，仍能苟延殘喘，存活是夠的。

果不其然，逐漸看見農田，而穿越田埂後，才抵達擁有曬穀場的農舍，雖爲簡陋茅屋，卻規模不小。尤其是院子裏迎接的陣仗相當嚇人，司機趕緊解釋，這是來幫忙的左鄰右舍與親戚們。典型的圍觀群眾，女人都在裏面眞幫忙，這些站在院子裏的男人什麼事也不必做，根本是等著蹭飯，貴客臨門的好處，怎能錯過？印度人傳遞信息與八卦的速度，恐怕比現代科技還驚人。

眾人簇擁著修士進屋，可謂家徒四壁無處入席，女人們忙著在裏屋鋪墊草蓆與坐墊，才讓客人進去落座，一道道菜餚與餐具由排列長隊的婦人端進，直接放在草蓆上，隨意擺放，看得甯霏犯傻，飢腸轆轆卻不知如何動手。直到被要求洗手擦手塞碗盤，才恍然，這可是眞正的印度家宴，自助餐形式，用手吃飯。甯霏不敢貿然出手，拿著盤子發愣，阿米爾與沙魯突然出現，分別遞給陳先生與甯霏一人一份湯匙與刀叉，才放鬆下來，見眾人已動手痲利地五指併用，邊社交邊將食物送進嘴裏，甯霏與陳先生互看一眼，感到不自在，又無法捨棄餐具，只能埋頭吃飯。這才發現一屋子男人，女人們呢？

「男女有別不能一起吃飯，她們要等我們吃完才能吃。」修士回答了甯霏發出疑問的眼神。由於趕著去機場，阿耨羅、香蒂與婆婆用钂夾菜，像三明治似的各自給自己打包了午餐上車。幾個男人也快速用完餐告退，留下這群藉機蹭飯的人繼續社交，皆大歡喜。老媽媽拿了自家院子裏的香蕉，著急地遞給正準備上車的司機，看得出來，她早已老淚縱橫，卻強忍著啜泣，隨意擁抱了一下兒子便匆忙進屋，沒有回頭。

往 Patna 機場的距離並不遠，大約半小時就到了。雖短短數日，彼此仿若度過了大半生，臨別依依氛圍濃厚，誰也說不出什麼，彼此輕輕擁抱，就此別過。沙魯走進機場又跑回來，緊緊抱著甯霏的腰：「你一定要來倫敦看我噢！我知道你會的，等你！」說完轉身衝回機場大廳，沒有多看任何人一眼。

車上只剩下修士、香蒂、甯霏與司機，彼此靜默了一陣子。這一路心照不宣地警惕著，此時忽然鬆懈，頓生倦意。甯霏恍惚打盹，聽見修士跟香蒂說話：「妳在這裏有回家的感覺嗎？」香蒂好似忽然哽咽，逕自啜泣起來。甯霏奇怪地半夢半醒間問自己，如何聽懂他們的北印語？在香蒂的輕聲啜泣裏，甯霏的神魂不由自主地吸附了進去，快速掃描著她進進出出人間的故事，像快轉看電影，不知在尋找什麼，這麼快的影像速度，竟沒有把他搞暈，隨著影片播放，清晰地閱讀，仿若不存在時空的阻力。

身形挺拔秀氣的梅花鹿，吸引了他的目光而停頓下來，這是佛陀前世為七彩鹿王營救孕鹿生下的孩子，她母親感念鹿王救命之恩，在今日鹿野苑遺址生下小鹿後，母女一起跋涉走到了毗舍離，守護即將出生又被遺棄的王子王女，這是她們做得到的承諾與回報。她們在河岸邊逐水草而居，因思念一再轉世的鹿王菩薩而哀傷。菩薩救護眾生的心意，不會改變，然而身份、身形與因緣卻一變再變，鹿野苑的緣分，終止了。那閃爍著透明七彩光芒的身影，與無量慈悲的智慧，是如此地叫人依戀，造成母女倆堅守梅花鹿的曼妙肉身，不忍捨棄。

時光荏苒，小鹿早已長大，不知覺間感染了母親的哀傷，一起思念從未見過的鹿王。聽了千百回的鹿王故事，根植於小鹿腦門與心間，而莫名地引起身體變化，有時竟看見自己也透明起來，在陽光的折射下，煥發七彩虹光，本以爲這是自己的錯覺，然而她看見了母親眼中的淚水。

眷戀，教人癡迷又甜蜜，卻不得解脫。歲月變遷，王子王女早已長大成人，兒女成群，有了自己的王國，母鹿的任務達成，無需滯留，卻也回不去了，鹿野苑不再有鹿王，生命不知流轉到何處，變化成各道身形，繼續菩薩道，卻仿若於己無關，一點一絲的關係都沒有了。想到此處便心絞難忍，映照著水中月的虛幻，而迷惘無助。小鹿已老，見母親執著亦不忍離去，彼此羈絆著，一起墜入莫名無形的枷鎖。

「是誰？誰擁有足夠的智慧與慈悲，讓她們得到解脫？」甯霏著急地尋找，影像嘎然而止。甯霏焦慮得滿頭汗，醒來仍急切地轉頭四面尋找，卻看見修士與香蒂平靜無波的表情，似休憩已久，什麼也沒發生過。

「生命需要修剪與捨棄，就像偶爾放血，對健康與運氣有益，甚至能救命。」修士遞過一條白毛巾，讓甯霏拭汗。阿米爾不在，修士竟無縫接管服務，甯霏汗顏，一邊擦拭一邊想著，爲何自己始終沒想到去服侍別人？就像阿米爾與修士，貴賤不論又如此自然嫻熟，幾乎一秒縫隙也沒有地做了。

離開機場後，修士讓司機先往回頭走，阿難舍利塔是目的地。「爲何不是先去佛陀舍利塔？」甯霏心裏想卻沒有問出口，幾天的相處讓他明白，必有原因，根本不需要問。

車子忽然停在路邊一座殘破的茅屋前，稀稀落落曬著稻草的水泥地上，自顧自玩碎石頭的幼童，搖頭晃腦的山羊，孱弱如流浪狗的小花狗，瘦得見骨的白牛，以及坐在茅屋門旁拾掇稻穗的老婦，形成一幅如眞似幻的油畫。三人下車後，孩童與老婦抬頭見這群陌生人，目光呆滯，不知該如何應對。

「那是妳的母親，香蒂，眷戀的枷鎖，讓她此生貧困而忙碌，至少快要解脫了，一生一眨眼，知見卻能發酵滋長，未嘗不是解脫道。讓妳看一眼，放心了，才能走自己的路。」香蒂兩眼炯炯有神地看老婦，臉上慣常的哀傷之情如雲霧散去。

途經枝繁葉茂的大樹時，修士忽然指著已在車後的大樹說：「那是佛陀消災講經之所，《藥師琉璃光如來本願功德經》源於藥師佛的菩薩行，文殊菩薩在毗舍離廣嚴城祈請佛陀傳述闡釋藥師佛利益眾生的願力，佛陀分別細說後，卻轉頭問阿難是否懂了。阿難替眾生擔當了所有的知見，這是大大的菩薩行啊！世人雖說阿難圓寂前平息了恆河邊兩國戰爭，才受到愛戴至今，一方和平哪裏比得上這樣的願力信解？每一次阿難的提問，難道不是爲眾生之故？他自己早有答案卻又爲何一再詢問，問佛又問諸菩薩，巨細靡遺。」香蒂似乎瞬間成長，不再是兩眼迷茫的小女孩，若有所悟地用英文問修士，有意讓甯霏一起參與：「我們所經歷的眷戀與疼痛，如夢幻泡影，卻又銘感五內，等待因緣具足，便能與歷朝歷代祖師爺們接上線，而找到自己的解脫之道，是嗎？」修士微笑：「是，也不是。」

香蒂似懂非懂地看著修士，甯霏莫名口不由心地說：「妳本來清明，何須解脫，一場夢而已。」修士哈哈大笑，甯霏與香蒂面面相覷，不知道自己說了什麼。

修士說：「剛剛經過的大樹，是佛陀說《藥師經》的聖地，當年若沒有廣嚴城百姓遭受瘟疫之苦，今天我們也無法讀到如此神通的經典，那麼，死於瘟疫的毗舍離人，是不是大菩薩的化身？」阿難與佛陀心意相通，卻經常像個小學生一樣發問，這是何等迷人的菩薩道啊！修士忍不住讚嘆，就連比丘尼僧團的源起，也因爲阿難的悲心呢！

「撫養佛陀長大的姨媽，千辛萬苦追著成道後的佛陀，卻被拒絕。而因爲阿難的祈請，佛陀才做出劃時代的決定，爲女子剃度出家。在我心裏，阿難是佛陀的分身，無二無別。」即便對佛陀有養育之恩，姨母在阿難的悲心下，才有機會替天下女眾取得了受戒的機會。

「八十歲的佛陀再訪廣嚴城，最後宣說《維摩詰經》的芒果園，是毗舍離當代名妓供養給佛陀的束脩。佛陀當時對疑慮的僧眾說：『無論恆河水還是井水，流到大海裏都是一樣的水。』接受供養不論貴賤貧富，願意受教即可。」

這足以解釋了阿難舍利塔巨大而維修完好矗立著，相較之下，佛陀舍利塔寒酸多了。人心如幼兒，誰陪伴的時間多，誰就是親人。

縈繞許久的問題，一直盤桓於嘴邊，就是難啓齒，爲何是耆那教修士在說佛陀的故事呢？他爲何從不提起耆那教典故，朝聖途中，有多處耆那寺廟，也都未踏入，實在匪夷所思。然而，經歷幾次腦海有問他便有答，甯霏選擇了閉嘴。

「耆那教信徒應該是世界宗教人口比例最少的，最大的原因，並非戒律嚴苛難遵守，而是掌握寶藏者，如何大肆宣傳？」修士笑咪咪地看著甯霏，看得他發毛。「貴國老子說過：『魚不可脫於淵，國之利器不可示人。』這可是你們老祖宗的道理啊！」

甯霏汗毛矗立，腦子一片空白，完全無法想像修士還知道什麼。

「佛陀初轉法輪選在鹿野苑，先講苦、集、滅、道四聖諦，你們知道原因了吧！」好不容易平靜下來的香蒂，霎時又淚流滿面，且陷入呆滯，仿若穿越去了不同時空，神魂都不在現場。

甯霏更是進入各種時空交疊的混亂裏，佛陀本生故事好幾世的來去穿梭，同時呈現。統領鹿野苑的七彩鹿王與孤獨的九色鹿，在不同時空裏，挑逗了人性的善與惡。他想起「國之利器不可示人」，美麗事物勾引貪婪，行菩薩道的佛陀有能力脫於淵，且以利器示人，曝光了人性，再戒之教化眾生，菩薩道裏無生無死，然而與之結緣的眾生，卻要流轉多生多世，才能若有所悟，菩薩們只能一而再再而三地用各種面貌出現，生生死死地無盡期等候。

毗舍離腹地並不寬廣，卻容納了這麼多經典事故，稱之為廣嚴城，意義無窮，阿難舍利長埋于此，印證了菩薩道的圓滿，隨時提醒易忘的人們。生時相好莊嚴的美男子，善良又慈悲，終究埋葬在泥土裏，再也不會出來了。繁華富麗的廣嚴城，如今殘破荒蕪，往昔璀璨如海市蜃樓，一去不復返，既便是科技發達交通便利，也無法挽救頹敗髒亂，無數朝聖遊客的仰望，亦無能帶給這座城池該有的綠意，遑論逝去的輝煌。阿難的舍利塔坐鎮在此，除了讓人們記得他無與倫比的菩薩心腸，恐怕這最大的慈悲，卻是讓人們再次對比廣嚴城的榮枯吧！

香蒂與甯霏各自進入不同時空，同時看見了阿難尊者平生故事，仿若劇場兩端的觀眾席上，坐著來自遠方時空的看客，兩人遙遙相望，驚奇又詫異。

車子又悄悄地穿過田野，回到司機家的莊園，修士輕聲呼喚兩人回神，司機停車後，先進屋安撫驚訝的家人，沒有事先通知，就是怕午餐時呼朋引伴的盛況造成彼此干擾，修士已交代只要扁豆湯與饢當晚餐即可，稍微休憩便要繼續趕路，沒有多餘的時間與體力社交。看得出來，司機的老母親滿臉驚喜，匆忙進廚房讓婦女們燒火煮水，順便擺蓆設墊，讓客人們可以舒服地躺臥。

再度走進這座寬敞的茅屋，甯霏若有所感，這不像是修士的作風，必有緣故。司機更是驚惶失措，大老闆兩度蒞臨，在這仍階級分明的國度，是何等榮幸，嚇得一屋子人走來走去，不知如何是好，只有老母親興奮地忙進忙出，有條不紊，甚至是期待已久似的，並不意外，單看那一會功夫便備好的晚餐，雖簡單卻不失精緻，想來早有預謀，不像是臨時將就。

雖只有饢與扁豆湯，充分發酵現烤的饢香氣十足，麵糰裏有磨細的小茴香與綠豆蔻，撕開後驚訝地發現有餡料，微辣的紅咖哩噴出熱情的鮮香，有香茅與檸檬薄荷的芬芳。扁豆湯看似簡單，入嘴才知神奇，跟多人一起製作的午餐大不相同，看這氣味，顯然出自一人之手，甯霏看香蒂專注地品嚐，猜她跟自己有相同的猜測。

終於忙碌完畢，母親牽著兒子的手，心滿意足進起居室，難得不避諱地在修士面前坐下。夜深人靜，沒有閒雜人等，白日裏謙卑至極的婦人，此時此刻，姿態尊貴而優雅，與平時的卑微判若兩人。深海藍棉布上的米白花紋，襯得婦人氣質越顯光華，電力不足的昏暗燈光，忽明忽滅，讓陋室成深宮密室般，散發著奇異的莊嚴氛圍。

修士與婦人快速地輕聲交談，香蒂非常專注地聆聽，司機則垂首侍立，仍不敢坐下。甯霏聽不懂，只得當聽音樂般，享受著眼前跌宕起伏的話音，如同帷幕前的難得戲曲。才經歷了時空幻影，這一幕，已無能起波瀾。

窗外月明星稀，晴空朗朗，凸顯月亮格外潤滑美麗，像黑夜裏高高掛上的燈籠，奇幻飄渺地浮動。田間各種小動物，紛紛加入這場戲曲，如幕後配樂般，在序曲漸明後躁動起來。婦人間歇地雙手合十，似在接受交談裏的各種意見，司機未曾鬆懈片刻，反越發嚴謹恭敬，香蒂則臉色變化莫測，隨著兩人的交談，而掃出沙畫的故事演繹。

從一開始的好奇，到這神奇變幻的一刻，甯霏已放棄了探究。答案，如明鏡般閃現又消逝，一切，都不重要了。

約莫寅時，日出前，一行人再度出發，沒有驚動左鄰右舍，無眠的一夜，不但沒有讓眾人萎靡，司機一如旭日初昇的寅時猛虎，生氣勃勃，又如一日夜的死生之間，重新獲得生命力，比往時輕鬆活潑，熱情地分發著母親早已備好的麥餅早餐。尚未撕開，便已聞到獨門 Masala 綜合香料的噴薄，這印度獨有的香料調配，家家有自己的配方，辨識度非常高，難怪大部份的印度男人樂意當媽寶，氣味才是眞正的臍帶啊！

修士仿若完成了此行最後的任務，一反往常地躺臥休憩，再無任何交談與思索的備戰狀態，這才讓甯霏發現，原來那一派悠閒的雜談，其實是有備而來，人與人之間的理解，也像剝除洋蔥般，層層有故事呢！

細細咀嚼完香甜可口的麥餅後，帶著老母親嫻雅的夜間面貌，甯霏進入了甜蜜的夢鄉。

9 Varanasi 瓦拉那西

從巴特納開車往瓦拉那西的高速公路上，聲稱是高速，卻如鄉村道路，沿途大象與牛馬穿梭，間夾著乾瘦如柴的雜色山羊，想快也快不起來，更何況道路狹窄，一點也不是想像中的高速公路。沿途道路兩旁，堆滿隨意掩埋的塑膠垃圾，驚悚地裸露著，這可是佛陀常年往返步道的聖途，竟成今日這落魄難堪的景觀，叫人不勝唏噓。

片刻好眠醒來，見窗外景色如是，甯霏不由自主地想著，如何處理漫漫長路上的垃圾？一頭大象忽然經過甯霏的視線，悠然自在於車陣裏，似乎早已司空見慣。無垢無淨，這樣的二元對立如何破除？在印度，只有更清晰啊！

修士不再回應甯霏的問號，兀自沈沈地睡去，好似累積了幾天的睡眠，打算一次睡足。

再回到 Nadesar 皇宮酒店，似經歷了好幾個生死輪迴，僅僅數日卻如久別重逢，一路遇到熟悉的侍應生打招呼，突兀地感到陌生。甯霏與香蒂各自回房狠狠地泡澡，沈浸在自己渾沌的時空裏漫遊。修士走進大套房前，囑咐兩人午餐去他房裏一起進食，飯後要出門。沒想到又要馬不停蹄，甯霏頓時癱瘓在浴缸裏，廢人般不想離開浴缸，直到香蒂來敲門，才不情願地匆匆擦拭更衣。

素咖哩、菠菜泥起司豆腐、黑扁豆泥、玉米飯、馬鈴薯饢放在小吧台桌上，修士房間不大卻五臟俱全，自助餐台旁有張四人餐桌，三人用餐並不擁擠。香蒂拿不多，似乎胃口不佳，甯霏也只各取一點，就只爲品嚐味道，修士則只拿了一片饢，用手撕開慢慢吃。看來，這些食物太多了，甯霏感到深深的倦意，剛泡澡完，睡覺比吃飯重要啊！

慢條斯理吃完一片饢，修士看看香蒂與甯霏，似笑非笑地說：「回房休息吧！睡醒來我房裏集合，再一起出發。」言下之意，是睡到自然醒，甯霏與香蒂不約而同站起來，如小孩放學般面帶微笑地快速回房。

倦意極深卻翻來覆去，折騰了半天，怎麼也無法入睡。

不知爲何又走到了鑽石洞前，這遺忘已久的洞穴，是如何把自己勾引回來的？一轉頭，香蒂竟跟在身後，而修士早已在洞穴裏向自己招手。他是如何進去的？香蒂何時跟來的？

正百思不得其解，甯霏被敲門聲鬧醒，渾身濕透。床頭鬧鐘顯示傍晚六點，窗外泛著夕陽粉紅光，沒想到還是睡著了。

終究是要面對這一刻，甯霏換好乾淨衣服開門時想著。看見修士與香蒂一起站在門外時，著實嚇一跳，仍鎮定地一反常態直搗黃龍：「我們直接去鑽石洞嗎？」修士哈哈大笑，香蒂滿臉驚疑：「什麼鑽石洞？」

香蒂小時候經常跟小 Naga 在洞外玩耍，卻從來不知道也不好奇，小 Naga 進進出出多回，她一次也沒問過裏面玄虛，彷彿天生恬淡，從不過問與己無關之事。

司機煥然一新地等候在洗得乾乾淨淨的車旁，看來是睡飽了，整齊清新地還帶著酒店的香草肥皂味。三人分別上車後，迎著夕陽沿恆河邊行去，有如追逐紅太陽似的，在潤紅的天色裏疾馳，不到半小時便已抵達樹林外。司機警覺地留守車上，甯霏與香蒂則緊跟在修士身後，許久未來，甯霏已不認得這枝繁葉茂的叢林，修士卻熟門熟路地在前面快速前進，深怕後方有追兵似的，動作比往常的慢悠悠大不同，俐落如行軍。

甯霏眼睜睜看著修士毫無困難地走進鑽石洞，雖早有心理準備，仍十分詫異，亦步亦趨地跟進去，轉頭看香蒂站在洞外，並無前進的意願，以爲她看不見洞口，正打算問修士該如何處理，卻見香蒂已站在身邊。毫無警覺的甯霏，大吃一驚，竟不好意思問這是怎麼回事。

修士直接走進了小 Naga 經常玩耍的茶室，香蒂既不東張西望亦沒有多餘的驚訝，跟著修士走到茶桌旁，開始舀水生火，修士則檢視著茶架上的瓶瓶罐罐，抓下寫著 Lapsang Souchong 的正山小種，打開瓶蓋深深地嗅聞，似乎情有獨鍾地露出滿意笑容。這表情，甯霏也在小 Naga 臉上見過，甚至他母親有時也會出現類似的表情，即使她始終對情緒表現非常節制。

「福建小葉茶，走過千山萬水茶馬古道，險峻山嶺上，掌握要隘的藏族人，傳說這嬌貴的茶葉，爲少女完美纖細的手所採摘製作，因此茶到了英國茶莊後名字變成 Lapsang Souchong，Lap 是手，Sang 是完美，Sou 是製作，chong 是完成，許多人不知道這名稱來源，沿用至今，只知道是極品小葉茶，卻不明白字源本意，相當可惜。有時，僅僅是名字，也能帶給享用者額外的興致與想像。」修士拿起香蒂剛燒好的水，開始燙壺溫杯，熟練地使用茶具，仿若在自己的起居室裏。

「雖然是同源茶種，福建茶到了印度，大吉嶺與阿薩姆的茶葉品質已大不同，便連今日武夷山的正山小種，與百年前更是南轅北轍，這屋子裏有好幾個年代不同產區的紅茶，你可以慢慢辨識。這也是農產品有趣的地方，採收、製作、放置讓茶葉在不同時期發生了慢發酵的魅力。」甯霏雖進出多次，多半是小 Naga 泡茶，修士卻比任何人清楚這裏有什麼，實在匪夷所思。難道他們是一家人？這一路上的巧遇並非巧合？

熱水沖入茶壺裏，瞬間噴薄出濃濃花果香，擴散瀰漫的速度驚人，沒想到一點點茶葉，竟有此威力。「這是海拔兩千米的大吉嶺紅茶，量少而嬌貴，近年氣候變化劇烈，再也不會出現這麼好的品質。記住這香氣，這也許是你此生唯一的一次，用畫面去記得茶香的芬芳，才能延長茶味的壽命。」此時甯霏早已雙眼朦朧地閉上，吃了迷幻藥似的，通體鬆軟，香蒂適時地遞過來軟墊，沒想到好茶也能將人放倒。連日來緊繃的神經終於全然放下，從未有過地安心，甯霏索性躺在靠墊上，舒服地沈沈入睡。

難得無夢無擾地醒來，睜眼見修士與香蒂各自品茗，手裏翻閱堆疊四散的資料與書籍，把茶室變成了研究室。甯霏舒服得不想爬起來，仍繼續闔眼窩在軟墊上，聆聽紙張翻閱的聲音，鼻尖飄然浮漫縷縷茶香，這一刻，不再需要言語。

再入睡，似一覺到天明，洞穴裏的光線明顯敞亮起來，鑽石洞是絕佳加油站，這片刻躺臥，遠勝大半年的睡眠，彷彿彌補了常年碎片化休憩遺憾，生龍活虎得有騰雲之感，甯霏神經質地跳起來，埋頭看資料的修士與香蒂驚訝地抬頭，三人相望，一起大笑，洞穴回音震盪了許久。

好茶加上好眠，便是難以遏止的飢腸轆轆，甯霏從未聽過自己的肚子叫，還叫得這麼大聲，感覺可以吞噬十張大大的饢。香蒂捂嘴笑，修士揮揮手，三人一起往洞外快步走。司機似乎也剛睡醒，看樣子精神不錯，見三人走來，立即發動車子，沿途顛簸，越加讓人餓得無以復加，卻並不難受，這種奇異的空腹感，使人心思清明，甯霏反而興致盎然地欣賞起此時的饑餓。修士已讓香蒂打電話回酒店點餐，算好時間，抵達便能馬上進食。

三人步履迅捷地到了芒果園，只見滿滿一桌，麵包籃裏堆疊高高一摞烤得香氣奔放的饢，遠遠就聞到了恣意的麵香，咖啡、奶茶、芒果汁齊全，什錦蔬菜沙拉盆旁邊放了三種西式醬汁與好幾種印度式醬料，和一碟對半切開的萊姆。每人兩個太陽荷包蛋裝盤，碟子裏點綴著義式番茄醬與法式芥末醬，外加一球咖哩薯泥。這桌混搭早餐，讓甯霏忍不住笑出聲，修士不置可否地坐下拿起奶茶說：「這是我的，咖啡是你的，芒果汁是香蒂的，吃喝是最無法改變的習性，怎麼也勉強不得，除非乾脆不吃，像你們中國道士那樣，成仙便自由了。」

適應印度飲食，甯霏的確費盡各種自我催眠與調教，才慢慢能夠接受濃烈香料氣在唇舌間肆意妄爲。說也奇怪，一旦接受，仿若香氣與細胞達成協議，從此共鳴，而能在任何時候和諧地演奏室內樂，不至於像一般遊客那樣鬧肚子。

甯霏仿效修士，拿起仍冒著熱氣的饢，抹一層奶油，抹層芒果醬，放幾片醃製酸辣椒，再夾入各種蔬菜，緊緊地捲起來大嚼，果然刺激好味道，吃得人心花怒放，不自覺地笑起來。香蒂則慢悠悠地喝完果汁，才開始吃煎蛋，只是在生蛋黃上加了芒果醬，用湯匙挖起來塞進嘴裏，然後露出滿意的笑容。修士連吃兩片饢後，才拿起萊姆擠汁淋到蔬菜盆上，再倒進義大利油醋汁，加點芒果醬，略微攪拌一下，先夾起少許放在甯霏盤裏，才給自己夾了滿盤，快意地咀嚼，似乎對這獨門配方相當滿意。

甯霏有忽然融入印度的感覺，吃，眞是人與人之間的最佳通關密語啊！

神清氣爽地用餐後，修士讓香蒂回房整理帶回來的資料，順便交給她一個小巧如書的新電腦：「全部輸入後，再回頭找我們。」山洞裏的修士形象，實在無法與眼前犀利企業家做任何聯想。

「人間世才是我的道場，山洞，是充電也是逃避，更是裝模作樣的好地方，有時，那樣的戲劇，也得演一演，可以省下千言萬語。」

甯霏若有所悟地觸動，眼裏竟湧出一汪淚水，不好意思地轉頭表示需要去洗手間。「我在這裏等你，有些員工需要說幾句，剛好在這空檔聊聊。」自從發現旅館眞正的主人是修士，甯霏才想起，打從走進這家旅館開始，便已受到全面照顧，內心異常地湧動，以半奔跑速度回房，愣是在馬桶上啜泣許久。似曾相識的孤寂，被陌生又熟悉的溫暖包裹後，潰堤，是必然的。

熱水淋浴，緩解了甯霏無法遏止的情緒。煥然一新地站在芒果園入口，見幾名員工侍立聆聽，頻頻頷首，沒有人敢坐下，滿臉的欣然仰望，即便是站立，也沒有生出半點俯視的效果。甯霏想起這幾天直來直往的對話，從未以崇敬之心看待修士，卻像是失而復得的兄長般，滲透著血濃於水的情誼。

甯霏靠在廊柱旁靜靜地看著，仿若參與了會議般，注視每個人的表情，各有所悟地變化，幾乎能猜測會議進行到了什麼階段，在他們相繼離去前，甯霏已往修士的靠椅走去，兩人眼神理解地交會，一起走到游泳池邊，在午前暖風裏躺下，這帆布床設計得眞好，非常符合人體工學，製作精美在細節，唯有躺下來才發現這些看不見的精巧。

「你知道小 Naga 爲何把鑽石洞交給你？裏面任何一件小東西，都能讓香蒂擺脫貧困，他卻連半罐茶葉也沒給過香蒂，好像這座洞穴是夢幻泡影，不值得依賴。」甯霏猜到修士與 Naga 家人關係匪淺，聽到細節仍十分驚詫，修士幾乎是如臨現場啊！

「我在裏面想過很多天，後來放棄了。連我自己都不想動裏面的東西，何必去猜測別人呢？」修士理解地笑了。「剛接手時，我也是同樣狀況，小 Naga 大概是最年輕的繼承者，卻也是最早遞交擁有權的，這麼果斷的決定，連我這樣老奸巨猾又經驗豐富的修行者，都做不到。」

「你現在應該知道，時間、空間、距離、貧富、階級並不能決定你是什麼樣的人，我們看到的，都不會是眞正看到的，譬如小 Naga 的存在，徹底顛覆了我對這世界的想像，他卻又是如此地平凡，平凡得叫人忍不住感傷。」是啊！甯霏一直找不到的形容詞，修士竟輕易地說了。那是每回甯霏看到小 Naga 的感受，莫名感傷，即便知道他擁有整座鑽石洞，實在找不出他缺什麼，跟他談得越多越哀傷，悲傷之情毫無減輕的趨勢，這也是他躺在鑽石洞裏經常思索的疑問，擁有家人如此多飽滿的愛，又異常聰慧，卻爲何讓人感到難過？

「我們傳了無數世代，從未想過該如何使用這巨大寶藏，反而慢慢變成自我放空的私密場所，於是，躲起來發呆，反而是這座洞穴的唯一用處。後來，你也發現了，裏面的確是絕佳充電空間，飽含活力充沛的能量，幸好沒有被我們破壞。我們中間任何一代動用裏面哪怕點點方寸間，都將破壞殆盡。可外面的世界，有無量無數的可憐人，我們如何能夠視若無睹？」

甯霏沈默不語。小 Naga 能輕易放下，未嘗不是逃離現場，即便是逃，窺探到逃的意義，如此乾淨俐落地傳遞出去，亦非同小可，那小腦袋，眞不知裝著什麼。

或者，那果然是座高明的海市蜃樓呢？

甯霏忽然從躺椅上彈跳起來，看看紋風不動的修士，又頹然躺下。「如果鑽石洞是海市蜃樓，這人間便是夢幻泡影。」在修士說出口的同時，甯霏腦海裏迴盪著同樣的話語，一字不差。

這世世代代難道是同樣一群人在流轉？紅塵，不過是涅槃的幻影？

「我曾經是你，你曾經也是我。」甯霏潸然淚下。這回，他不打算遮掩，盡情把適才尚未完全釋放的情緒，一併流瀉殆盡。

難題，仍然是甯霏的，他該傳遞給誰？眼前擺著現成的香蒂，但若香蒂是承接者，當初小 Naga 直接交給她即可，何必夾個外人來彼此鬧心？這也是甯霏在洞穴裏想破頭，只能暫時逃離的原因。每一回的進出，都是折磨，不能用的寶藏，何必存在？有時陡生惡念，想炸了它，但若眞這麼做，反而會釀成可想見的大災難，不僅僅是破壞生態，蜂擁而上搶拾金銀珠寶鑽石的碎片，恐怕不會小於一場戰爭。坐在華麗璀璨的寶窟中喝茶時，不免想著，這眞是個美麗的噩夢。

靜默片刻後，蟲鳴鳥叫聲聲入耳，大自然交響樂如此和諧，即便是突然飛來的大雁或烏鴉，也不會破壞這任意譜就的即興演出。甯霏仿若得到啓示般，心境大寬，卸下了重擔似的，一鼓作氣起身，宣誓般對著虛空說：「既然是夢幻泡影，我又何必發愁！」修士睜開眼睛，看甯霏大兵一樣地矗立，一副要打仗的樣子，忍俊不住地噴笑起來。

他們一家人在倫敦不知過得如何，甯霏許久沒有收到隻字片語，亦不敢聞問，心知肚明，這家人若想讓你知道，絕不會遲疑，若選擇不說，必有緣故，問，只是打擾，沒有半點意義。能夠這樣遇見修士，任運自在地閒聊，眞是難得珍貴的機緣，即使是這裏的工作人員，恐怕也是抱著同樣的心情吧！跟修士說話時，耳根豎直，深怕錯過一字半句地珍惜。

修士起身拍拍甯霏，像小 Naga 往常的動作那樣，摟著甯霏的肩膀往前走，天下無難事地豪氣干雲，大著嗓門說：「走！帶你去吃瓦拉那西的經典好菜。」

甯霏心目中的恆河邊極品，是小 Naga 母親月光做的素咖哩麥餅，簡單卻纖細芬芳不膩嘴，一如其人。修士神秘地對自己一笑，似乎在回應甯霏腦海裏的畫面，無可無不可地笑著。路越走越熟悉，兩人就這樣肩並肩走了一陣子，慢慢轉進甯霏久違的畫面。

「龍的母親 Maya 才是眞正廚藝無雙，毗濕奴這個大饕餮送走其他人，怎能不留下 Maya？你小子好口福，今天正巧趕上。」沒想到，實在沒想到，經過這許久，本打算忘記的一座屋子，竟又出現在眼前。

屋外曬穀場上，熙熙攘攘地坐了一地，場邊長桌上放滿各種食物，任人取用，眾人吃得正歡，完全沒注意白衣修士與甯霏的到來。兩人一路繞過人群，直接進屋。毗濕奴大老爺般坐在自己的席位上，見修士立即跳起來熱情相迎，兩人嘰哩咕嚕說了大半天，才跟甯霏打招呼：「好久不見！」便一起拉著甯霏往裏屋走。

Maya 領著侍女們，一道道地上系列前菜、十道主菜、三樣主食與整盤九宮格醬汁，最後出現一長列花樣繁多的點心，才眞正讓人驚呆了。甯霏看得張目結舌，修士在一旁得意地笑：「就算請來十個頂級大廚也端不出這陣仗。」Maya 上完點心，走到修士面前雙手合十，兩人像親人般額頭頂額頭行禮，甯霏才發現蹊蹺。難怪修士要如此這般地得意洋洋，除至親外，誰還能讓他露出天然稚氣？「來來來！讓我的好妹妹給你介紹，這些點心的歷史典故。」

這眞是一場印度史的饗宴，從食材到調味，從種族變遷到外族入侵，一口點心裏，竟蘊藏著複雜國度的史蹟，吃得人百味雜陳，不知今夕何夕。

毗濕奴解釋自己爲何暫時停駐，且張羅了施食饗宴，嘗試促進多種族融合，利用印度地方特性的饞嘴，這人類的共同特質，也許能找到丁點和平共處的希望。看屋外這聚落般的餐敘，好似濃縮版北印地圖，叫人忍不住失笑。但至少能在同時空裏一起用餐，已經是不可能的任務，甯霏由衷佩服。

甯霏嘴裏仍塞著鷹嘴豆泥玫瑰餅，一眼便在萬花叢中挑中的，果然香濃迷人，桃紅萃染糯米糕上撒著閃閃發亮的金粉，內餡雖是家常鷹嘴豆，卻用檸檬薄荷、香茅、萊姆與奶油鹹甜交加地調味，不輕不重，剛剛好繞舌而不咬舌，過癮至極，即便吞嚥許久，喉舌間仍噴香，久久不散，彷彿能逡巡於各細胞連線群舞，讓人無緣無故地微笑，不由自主地開心。

修士與毗濕奴如久別重逢，說個不停，完全恢復印度人之間對話方式，大聲吵鬧，忽叫忽笑，小學生一樣地手舞足蹈，畫面十分好笑。

吃飽喝足，又聽不懂這吵嚷空間裏的語言，甯霏把自己放倒，軟癱在臥榻裏。

10 Delhi 德里

修士責怪毗濕奴霸佔了Maya，讓他在德里的週末施食不那麼精彩。毗濕奴反擊：「你出錢周濟流浪漢，何必搞成精緻美食展，來炫耀你的財富與慷慨？」修士認爲施食不是以上對下的施捨，必須拿出最大的誠意，才能眞正達到施食的目的：「吃得好才有活著的尊嚴，一旦有了尊嚴，才有自我解脫的欲望，有欲望就有力量，難題與阻礙，才有機會變成更好的能量。」香蒂早已進廚房，Maya巨細靡遺地解說做每道食物的原則，再拿出平時的簡單記錄，讓香蒂參考：「記住原則即可，不需要照做，綁手綁腳反而不容易好吃，徒具形式，毫無意義。」

毗濕奴嘲笑修士腦袋裏裝著濕婆神的執著：「男人女人不平等，就算眞平等又如何？何必在意這些看似聰明的懶人問題？」修士沒有答辯，堅持讓香蒂去德里見識一下：「認識了極致，才能找到中庸，甚至拿掉那條線。」，自己獨自一人回洞穴裏圖清淨去了。

到了德里，兩人租車前往六〇〇公里外，一座涵蓋各種信仰，卻以女性神祇為主的寺廟群，修士說：「古人有納百川的胸襟，多民族多信仰和平相處，各自堅守著自己的相信，互不相擾，直到外來民族掠奪式的入侵。老祖宗是母系社會，慈悲與智慧的源頭，如今卻淪為胡攪蠻纏的門戶之見，也許這就是彼此試探的共業吧！」

千年前的印度月亮王朝籌建祭祀濕婆神，選擇在 **Khajuraho** 建立寺廟群 **Vishvanatha**，逐年擴增成多神信仰基地，一九八六年遺跡被列為世界文化遺產，目前僅存二十二座廟宇，分佈在東西南三個區域，面對東方的主寺供奉著濕婆的牛頭門神 **Nandi**，西南邊供奉著濕婆神眷 **Parvati** 雪山女神，東邊雕像群是以貴族女人為主的耆那教寺廟，西邊則以印度教性廟為主，南邊是多神信仰的女神廟。

香蒂帶著甯霏直接走向了訪客稀少的南邊，細細地摩挲著每個神祇的表情與姿態，忍不住嘆息：「我也想學雕塑。」甯霏愣頭愣腦地回應：「真的？」香蒂似笑非笑地看了甯霏一眼：「你說呢？」這麼多想學必須學，妳的人生長度夠嗎？

「我看不出自己跟這些女神的關係，卻能感受得出，膜拜她們的人並不尊敬她們，甚至連雕刻人，都感受出膜拜者的心意，而創造出這樣的姿態，不是嗎？我想製造不一樣的神祇。」香蒂認眞地說，稚氣的臉上泛出紅光，似乎很激動。「我知道毗濕奴爲何不願放走 Maya，去幫忙施食，人們會用眼神殺死她的美好與善意。」甯霏驚訝地看著這每天飛一樣成長的女孩，不知如何應對。

回到新德里後，天色已暗。甯霏在路上聯繫了阿耨羅，邀約她一起晚餐，順便了解分別後的狀況。

修士安排住宿跟自己有業務關係的 Taj 泰姬酒店，交代甯霏與香蒂儘量在酒店裏用餐，避免不必要的安全顧慮，貧民窟的組織相當驚人，能躲便躲，只要躲開正面衝突，時間是最好的安撫劑，足以消化各種價值觀的遙遠距離。

酒店一樓的印度餐廳遠近馳名，且歷史悠久，點菜任務交給了香蒂，在 Maya 調教下，香蒂對食物的品鑑程度，已達名廚水平。這一路長途車程，甯霏的耳朵被香蒂各種食物處理新見解灌得滿溢出來，拜服不已，廚藝界冉冉升起了一顆明日之星，沒想到，去一趟寺廟群，她又想做雕刻師了。

阿耨羅一到，餐桌上一道道出現了各種精緻版傳統菜，不得不說外來文化的影響，世世代代改變著食物的樣貌，很難說什麼是現代什麼又是傳統。香蒂一邊解說每道菜一邊讚嘆她的新師父：「Maya 說認識傳統，不代表受侷限，認識是必要的，那是基礎，就像建築物的地基，融入各種新元素，那就是設計師的責任了。這世界上沒有創意，只有混搭的本事，好吃與好看的輕重拿捏，Maya 說看見了知道了，不被知道捆綁，我就會變成好廚子。」甯霏滿頭霧水：「妳剛剛不是說要學雕塑？」阿耨羅笑咪咪地看著兩人你來我往，沒有插嘴，亦不好奇，彷彿司空見慣了這樣的畫面。

「好特別的味道，有融合有個性，相輔相成，這火候，很難掌控呢！」香蒂邊吃邊品評，儼然食評家架勢，阿耨羅噗哧笑了出來，差點嗆到。甯霏也笑了，香蒂尷尬地解釋：「Maya 說吃飯就像剽竊，可以吃出許多想法，變成自己的創意。」阿耨羅也開始驚訝香蒂的瞬間成長，這麼小的孩子，短短數日，口氣儼然頗有成就的樣子，跟那瘦弱小身子也未免差距太大了。

甯霏說：「德里公園週末施食任務，已經傳遞給香蒂，我想妳應該收到訊息了吧？」阿耨羅表示知道，但理解成加入一般「義工」團隊，卻沒想到是接替 Maya 的任務，這簡直是天外飛來的驚喜。Maya 人在瓦拉那西，指揮德里每週每座公園上千人次的施食饗宴，對溝通執行者來說，是艱難的任務。如今香蒂接手，省去中間往返對接的猜想，實在讓人輕鬆不少。

阿耨羅表示陳先生已順利帶著阿米爾與沙魯抵達倫敦，義工團隊很有效率地辦妥各種證件，只是去機場的路上，受到貧民窟組織的騷擾，幸好陳先生有備無患地聯繫了英國與台灣使館，出動外交禮賓車與警衛車隊，才有驚無險地進了機場，阿耨羅深覺這是神明護佑，整個過程幾乎是不可能的任務。如今婆婆與阿耨羅住在使館區公寓，暫時沒有安全顧慮。

香蒂雖不是貧民窟組織的目標，但經過前幾次交手，很難不被盯上，阿耨羅建議接替 Maya 的香蒂，只去廚房扮演傳遞 Maya 菜餚設計信息，檢驗廚師團隊烹調過程，指揮完便走人，儘量避免參與社團服務，畢竟德里才是貧民窟大本營，社團裏的運作恐怕亦被滲透，無法清除疑慮，便只能躲。

初體驗總是讓人興奮的。甯霏陪著香蒂去酒店提供的大廚房，設計香蒂參與施食第一周的作業，這個巧妙安排，也是爲了保護香蒂的安全，甯霏不得不佩服修士思慮縝密，讓大企業參與慈善活動，相得益彰，人人有所得。只要參與者越來越多，變成公眾服務，自然便有了安全保障。

正式上場的週末，工作人員傍晚便已在公園中心點擺盤設宴，開始分發餐具，各地來的食客已大排長龍，從衣著上看，先排隊的大多是眞正的流浪漢，好奇的中產階級與剛放學的孩子則在一旁觀望，一鍋鍋香氣繚繞的食物不斷登場，聚集人群開始增多，各種信仰裝束的人也出現了，這畫面眞叫人欣喜，甯霏忍不住隨手拍了幾張照片，上傳給修士看，他的和平饗宴正在實踐。

香蒂與阿耨羅刻意穿上棉布紗麗，把自己包裹成路人甲乙，降低辨識度。甯霏也難得穿上了白棉布傳統男裝，戴上金絲邊眼鏡，仿效週邊城鎮的鄉紳，斯文有禮卻萬分好奇地走走看看。

有驚無險地張羅完首度施食，英國使館車子在公園外等候，三人在夕陽西下時快速登車離開現場，有人通報貧民窟組織會在入夜時蜂擁而上，在假裝搶食的瞬間開始鬧事。幸運地，陳先生得知施食饗宴，早已聯繫使館參與慈善活動，保障了工作人員的安全。

香蒂難掩興奮之情，一直說著如何在廚房裏發現新配方，根據現有食材調整，更爲分量太大而適度改變了工序與火候，裝置也因搬運過程，從精緻轉成重味而不重色的偏倚。甯霏在現場看到人人吃得津津有味，不分老少貧富貴賤，即便自己沒有任何貢獻，也感覺與有榮焉。付出，讓香蒂的臉色紅透透的，近乎發光。

英國使館有了這次美好經驗後，主動聯繫各國使館，直接把週末公園施食活動，變成了聯合國施食運動，歡迎不同膚色與不同信仰的人，一起參與募資施食，且不限身份自由進場享用。既然有了各國使館參與，便分別邀約大廚們輪流上陣，展現異國風情，既爲慈善又有啓發式交流，簡單的施食，逐漸形成多國博覽會般的盛宴。香蒂周旋於來訪的大廚之間，玩得不亦樂乎，廚藝見解更上層樓。

許多名廚見香蒂嬌小玲瓏，廚識豐富又聰慧通透，人人都想收她爲徒，卻被一口回絕，簡直讓所有廚房工作人員匪夷所思，這可是難得周遊列國的機會呢！有哪個印度人不想要這樣的機運？香蒂得意地跟甯霏說：「Maya 才是我的恩師，絕對不認任何人當老師！」甯霏敲了一下香蒂的小腦袋：「那是妳夠福氣先認識了 Maya，才能在這些頂級大廚面前耀武揚威。妳的雕塑夢想呢？」說完立即懊悔。「我沒有忘記，週末施食已經穩定下來，可以放手，不再需要擔心菜單與流程，募款基金更是源源不絕，早已經超出剛開始的規模。我可以轉換跑道了？」轉換跑道？這是恆河邊無家可歸的孤女嗎？

修士送給香蒂的隨身電腦，眞是物盡其用，記錄了公園施食過程的各種食譜與圖片，同時成立了網上施食聯盟，瞬間聲名遠播，又擴大了效應。香蒂很聰明地將自己隱藏起來，即便是在廚房，也總是假藉 Maya 的名義傳達想法與做法，從未眞正走在前端。當然，沒有人見過神奇的Maya，只知道她出錢又出力，這是香蒂這樣的小女孩無法辦到的，也就沒有人關注她是誰了。

同樣的，這書本大小的電腦，讓香蒂找到了雕塑師。甯霏忙著關注倫敦時，香蒂早已搞定了下一步方向。

德里分爲老城區與新城區，新德里是圍繞英國殖民政府行政中心而建成，整齊有次序的建築，是中產階級居住區域。舊德里則是蒙兀兒王朝留下的頹敗建築區，卻是德里真正的生活命脈，所有生活用品交易與製造，都在這萬分擁擠而髒亂老舊的地域，日夜忙碌地進行著各種生產活動，整體環境幾乎維持著幾百年容顏未改，末代王朝留下的賈瑪（Jama 週五）清真寺，空蕩蕩地成爲觀光地標，讓人遙想王朝當年盛況，而宏偉寺廟外，卻是萬年不變狹窄巷弄與狼狽維生的人群。

香蒂在網路上搜尋到的雕塑師，便在老城區巷弄裏，挨著將近四百歲的清真寺南門，香蒂選了既非週五Jumu'ah亦非月光市集Chandni Chowk裏耆那教、印度教、錫克教與伊斯蘭教等廟會節慶日，否則進去便出不來，人貼著人動彈不得，做爲外地訪客，任人宰割地洗劫一空是小事，若引出糾紛，則後果堪虞。

阿耨羅聽說香蒂要去老城區，有點擔心，甯霏的簽證即將到期，必須離境再回來，兩人正打算幫香蒂辦理證件，送她去倫敦讀書，沒想到她就像小 Naga 與沙魯一樣，聰慧至極卻不願上學。小 Naga 是自由派，香蒂的理由更奇怪：「你們教會我的東西，學校老師不會懂，學校能學到的，對我沒有用。給我一個上學的理由，我爲什麼要浪費時間去學校？」幾次慈善活動的調度，香蒂帶給阿耨羅的協助，早已超越一般職工的效率，就連阿耨羅也忍不住懷疑，香蒂是否還需要入學。

「我們不可能保護她一輩子，這畢竟是她的國家，她必須學會融入。」甯霏皺眉深思後表示，阿耨羅擔心香蒂被貧民窟組織盯上，防不愼防，送她離境是最好的方式。香蒂想去倫敦的唯一理由是見小 Naga，若要上學，她情願留在德里甚至其他任何鄉鎮學雕塑或傳統編織。

甯霏只得延後一天出境，陪香蒂走一趟老城區，去見她心儀的雕塑師，其實，看香蒂展示網路上的作品，亦讓人心動不已。印度傳統工藝階級森嚴，代代相傳各有門派，一如傳統音樂、舞蹈與編織等等，不同門派各有自己的規矩，香蒂找到的雕塑家卻似乎沒有門派印跡，卻又融合了各時期雕刻歷史的特點，一件作品，竟可以看見希臘、波斯、蒙兀兒與少數民族甚至中國工匠在印度留下的文化烙痕。而且網頁上還特別表示自己是耆那教徒，教旨雖排斥偶像崇拜，仍有歷代祖師塑像提供景仰，並留下實修成道的證據。

原本手上有許多待辦事件要處理，阿耨羅也升起了好奇心，骨子裏仍不放心，甯霏雖進出印度多年，畢竟是外地人，對於危險的警覺性不高，只得匆匆交代同事幫忙處理，既然知道了無法置之不理，阿耨羅決定跟著一起去，除擔憂路上出事外，這雕塑師的另類作風，也讓阿耨羅覺得可疑。

阿耨羅與甯霏願意陪伴香蒂一起去拜訪雕塑師，香蒂心裏是雀躍的，一路蹦蹦跳跳，又恢復了孩子該有的神情。很少踏入老城區的甯霏，儘量鎮定地閃躲牛車、三輪車、貓狗甚至忽而龐然現身的大象，以及隨之而來的龐大糞便。

狹窄騎樓下，縫隙全無地停放著腳踏車與機動車，三三兩兩乾瘦的上班族，正悠閒喝著燙手的奶茶，握著冒熱氣小小玻璃杯邊緣，小口啜飲。空氣裏雜揉了不同屎尿味，騎樓小店熱鬧地烹煮油炸物，油膩與甜膩齊齊掃蕩巷弄，誰也閃躲不了。甯霏著急地往前走，香蒂卻興致盎然地東張西望，幸好有熟門熟路的阿耨羅帶頭，不至於在這手心貼手背的空間裏徘徊。

亂哄哄的老城區，卻有自己的次序，按照行業別而形成聚落，對生意人來說相當方便，只是雕塑師卻躲在印刷業者區域裏，有點讓人意外。

好不容易穿堂過弄擠進一條狹長的過道，豁然開朗的寬敞天井，讓人頓時放鬆，氣味也神奇地清香起來，似乎有人早已點燃了價值不菲的香料。香蒂閉目聞著：「玫瑰、香茅、薄荷、接骨木花、尤加利木，沒想到這麼搭也很協調提神呢！」過道末端小門裏走出白衣白髮老人，笑咪咪地看香蒂：「就是妳啊！」

「是呀！就是我啊！」香蒂俏皮地回應，好似兩人相識已久。老人哈哈大笑：「眞沒想到是個聞香女娃娃！」香蒂轉頭指著阿耨羅與甯霏：「這是我的哥哥姐姐，他們不放心我一人探虎穴，拖油瓶一樣地跟著來了，希望您不介意。」三人一起雙手合十爲禮，老人亦同樣回禮：「歡迎！歡迎！進來參觀吧！我這裏不是聖地，沒有秘密。」

乾淨整潔的內室，擺放簡單素淨海藍色三二一套式沙發，壁櫃則繁複許多，非常精緻的木雕帶著歲月的晶瑩剔透，保養得非常好，很難不惹人注意。

三人並排坐在三人沙發，略嫌擁擠，見主人落座雙人沙發上，甯霏挪移到通常是主座的單人沙發，才各自安頓下來。香蒂鼓溜溜轉著眼珠子，探視屋子裏各種雕刻精美的木製傢俱，一位穿著素淨棉布白底碎花紗麗的老婦，端著茶盤出現，冒著熱氣的茶香帶著花果味，香蒂忍不住讚嘆：「好新鮮的大吉嶺茶啊！」老婦慈藹地笑了：「是呀！你們有口福，剛送到呢！我捨不得這香氣，你們需要奶糖的，自己加吧！」

婦人放下熱茶，並未離去，不像一般家庭主婦那樣躲開，直接坐在老人身旁，看著像一對夫妻。「我的名字是烏瑪 Uma，這是我哥哥寂護 Santaraksita，我是他的秘書，處理客戶訂單，當然也包括生活瑣事。」烏瑪從容而優雅地自我介紹，又直接了當地說明：「我們雖不是戒律嚴明的耆那教徒，卻選擇了終身禁慾，宗教雕刻研究，需要全心全意投入，沒有多餘的時間與精力去經營家庭。」

烏瑪看著香蒂，嚴肅地表示：「在網路上跟妳互動的是我，妳很聰明，我哥哥也很欣賞妳，唯獨有一點，那是妳的優點，也是妳的缺點，妳太好奇了。我們很樂意收妳當入室門生，不需要妳付學費，但妳能支撐多久？我們不想浪費時間。」

阿耨羅與甯霏一起看著香蒂，平時固執有主見的小臉上，忽然泛紅而氣餒，終於被戳到痛處，毫無申辯的力氣。

烏瑪仍然維持獨特的慈藹，緊盯著香蒂：「我們不是故意要爲難妳，不必急著答覆，妳好好想想。其實，就算妳不是我們的徒弟，也歡迎妳隨時過來參觀甚至參與構思創作，不需要自己動手，既輕鬆又擁有相當的自由，妳覺得如何？」香蒂羞得滿臉通紅，似乎是被看穿了，一時竟不敢應答。

一直微笑坐在旁邊享受好茶的寂護忽然開口：「我自己很早就放棄手作，剛開始是為了提供工作機會給別人，將一件訂單拆成好幾個部位，最後送回我這裏組裝，當然這樣的好處是能接更多訂單，而且不怕被抄襲搶單，保留了創作的尊嚴與壽命。」寂護成功地解除了香蒂的尷尬，又繼續解說：「慢慢地，我能養越來越多的工匠，訂單穩定後，便可以開始真正玩創作，作品被認同後，又間接地提高接單價位與數量，相輔相成。妳如果有興趣，我非常願意傾囊相授，只是妳恐怕要相當長一段時間，不能去旅行，妳願意嗎？」寂護竟看出來人經常四處奔波，甯霏尚未參觀他的作品，已微微感到吃驚。

寂護又補充：「我不算是太守規矩的耆那教徒，雖製造各種神像，完全沒有偶像崇拜習慣，純粹將雕塑當作傳統工藝來欣賞，平時倒是謹守素食，以保持清明，這一點我希望妳在這裏的時候，能遵守。」如此單刀直入，香蒂也毫不客氣地起身頂禮，這就算是有了雕塑師父了。

烏瑪與寂護帶著三位訪客去後院，幾位工人正在接合一件景觀式的塑像，寂護表示越來越喜歡使用多媒材：「我其實跟妳一樣好奇，相信妳可以自修數學、物理與化學，這幾門知識都用得上，每件作品必須先計算精準，才能分割出去製作，取回銜接，多媒材的銜接，需要豐富的化學知識與實驗，即使我已不自己動手，也必須掌握每個細節，這樣派工才不至於出錯，而影響到成本與收益。」

穿過後堂敞亮的工作室，裏面居然有好多房間，分門別類地放置不同媒材，以及各種收藏。「其實，嚴格說起來，創作來自抄襲，表面上這是我的創意，但若沒有前人的基礎，我的無根創作起不了作用。」

11 London 倫敦

龍帶著小 Naga 遊走於番紅花田間，仿若從小生長於此，熟悉而舒適，遠遠望去，像是天地間一幅油畫，永恆地靜止於時間軸上。

甯霏一下飛機，龍便帶他搭乘機場巴士到劍橋，再從車站停車場拿車，直接去附近的 Chipping Walden 沃頓市集，採集人紛紛各自漂亮地擺放自家農產品，以及自製半成品，色彩紛呈，引人垂涎。籐籃裏已裝了兩個全麥雜果麵包，一條肉腸，一塊起司，好幾種鮮菇，節瓜、甜椒、馬鈴薯、南瓜與百里香、薄荷、迷迭香等香草，龍打算做一鍋濃湯，就著麵包與肉腸，還有起司與紅酒，便是美好的晚餐了。

坐落在校園裏的教職員宿舍，門前有大片只允許 Fellows 踩踏的草坪，對學術表達最高敬意。龍與小 Naga 能住在這裏，出於校方近期對亞洲傳統文化的研究興趣，龍擁有完整梵文古典文學與祭典的知識，小Naga又是個玩網路於股掌的天才兒童，初步鑑定智商達一七〇而被接受入學，拿到學籍的小Naga一如既往，根本不去上課，整天圍著龍打轉，每週去拜訪指導教授一次，交出作業便打發了，他跟教授是這麼說的：「你們收我是因爲我有自學能力又懂得自律，只要出現一位教授能教我所不知道的，我立即乖乖上課。我哥才是我眞正的老師，他身上有我學不完的東西。」小Naga的神情堅定，迫使人接受，其實不接受也沒用，這兩個孩子豈會在意學籍？留在這兒唯一的原因，是住在校園裏的寧靜。

鳶尾科屬番紅花是波斯到歐洲與印度的食用染料，更是祭祀不可或缺的供品，選擇劍橋園區，是爲了沃頓的番紅花田，就近開拓一門生意。印度是番紅花主產地，但沃頓番紅花價廉物美又省運費，是供應歐洲市場的最佳管道。

「我要用最好的番紅花染布，再用玫瑰、尤加利木、檸檬草香熏，編織成耆那圖騰，然後給香蒂做紗麗。」小Naga沉浸在自己的喜悅裏，只有在「香蒂」這名字存在時，小Naga高智商的毛躁速度才會安靜下來，香蒂，是他的鎮定劑，龍站在夕陽裏的番紅花田中，似有母愛微笑地看著小Naga的神情。

過了大半天，甯霏才問起月光，爲了讓龍與弟弟完整地相處，她獨自在倫敦城裏學珠寶設計與鑲嵌技術，日間做兼差保姆，偶爾接派對訂單做印度甜點，小日子過得還算愜意。距離雖不遠，每個月只拜訪劍橋一次，互不相擾，龍不喜歡倫敦的紛擾，對他的敏感神經造成干擾，去一回便放棄了。

「做番紅花貿易容易入門，其實我們要做的是鑽石生意，你也知道，這是耆那教徒的大本營，無論如何遲早要接手，我做了，便可以放小 Naga 自由。」甯霏感到一陣悸動，更需要自由的是龍，進入那座梵文大學的牢籠，便已遠遠超過他的願想，他唯一的抵制是拒絕智商測驗，能徒手進入劍橋，其實證明了一切，混跡於番紅花田，是躲避光環的最佳掩護。

甯霏沒有去倫敦探視阿米爾與沙魯，陳先生把他們照顧得很好，讓阿米爾做主廚，送沙魯去貴族學校寄宿，陳先生表示等阿米爾培養了自己的團隊，願意出資讓他獨當一面。既然如此，此刻便是大家正忙得焦頭爛額之時，不宜打擾。

龍躲在資金源豐厚的 Clare College，每天清晨出去散步，採摘新鮮香草，回來做早餐，才喚醒兩名室友。劍橋校園腹地廣，好幾十座學院聲氣相連，柵欄與圍牆形同虛設，唯有幾座老建築需要進出許可，免得被越來越多的觀光客打擾。龍與小 Naga 是公認的書蟲與掃描器，幾乎每座學院圖書館管理員都已彼此熟稔，即便不帶證件也能進出自如。小 Naga 也沒白叨擾人家，用一天時間設計圖書館管理系統，簡便縮短了查找資料的程序，免費奉贈，皆大歡喜。

兩房一廳宿舍裏，兩張書桌靠在客廳牆邊，廚房附設小餐桌，烤箱已有 20 多年歷史，仍運作正常，只是溫度不均衡，需要反覆取出調整位置。龍在廚房裏動作熟練，彷彿已在此住了許多年，甯霏坐在小餐桌上，欣賞著龍開闔冰箱尋找食材，不急不緩安靜地進行烹調，一切就緒，不過十幾分鐘，小 Naga 剛好梳洗完畢，出來一屁股坐在固定位置，便開始吃喝，儼然少爺派頭。

龍用番茄乾、番茄醬 Tomato Paste 與新鮮番茄與香料橄欖油一起拌炒後，倒入烤盤，淋上蛋汁麵糊，送進預熱烤箱十分鐘，取出打上三個太陽蛋，撒上庭院採摘切碎的鼠尾草，再送烤箱五分鐘，取出切成三份，裝盤，擺幾枝百里香裝飾，陣陣濃香飄在熱氣裏，取香方式隨意周到不擾人。

飯後穿越庭院，校園裏有幾座十幾丈高的小森林，松鼠出沒逗人，很適合散步，出了森林便有小市集，小 Naga 蹦蹦跳跳跑到熱狗餐車前，指手畫腳添加各種醬料，轉眼又吞下一個大漢堡。甯霏忍不住驚歎：「才多久沒見，你已經這麼能吃啦？」小 Naga 哈哈大笑：「我要長成西洋人的大塊頭，才能保護我們家的女人啊！」

「想不想知道香蒂爲何能跟你進鑽石洞？」甯霏詫異小 Naga 怎麼知道，樹林裏竄出兩隻彼此追逐的松鼠，調皮神情一如小 Naga：「她跟你一樣，只是選擇了做女孩，不是她自己選的，出生時被媽媽送去動手術切除了部分器官。」人體是個奇怪的結構，原本擁有的並不會消失，無論你用任何方式去除。陰陽人的特質，仍然存在。「所以，修士也是？」小 Naga 詫異地看甯霏：「你一點也沒發現？」甯霏靦腆地：「發生太多事情，來不及關切到這裏。」大自然是公平的，陰陽人擁有許多常人沒有的優勢，唯一缺點便是失去繁殖力，無論你選擇或不選擇性別取向。

「高智商、敏銳直覺力讓他們進出任何空間自如不費力，卻也因此脆弱命短，除非像修士那樣，長期斷絕人煙，偶然插足，便要回去靜養。」龍淡然地解釋著，這是個偶發性的自然現象，非常繁複的基因與極少的機率，「霸住鑽石產業，恰是爲了保護脆弱的族群。我們維持世世代代不曝光，便是自我防護機制，人少也是長存的主因之一，這就是自然界的公平。」

「月光母親最近接了一個大訂單，製作度母立像的珠寶嚴飾，等初步共識達成，她要飛回德里一趟，你猜她會跟誰合作？」甯霏一頭霧水，龍神秘地一笑：「當然是我們聰慧無人能比的香蒂，我的智商恐怕也不及她，無法做到全然自學的敏銳。」甯霏的確震驚，就這麼短短數日，香蒂已經有資格跟月光合作？

小Naga看甯霏神情，已猜到他的心思：「想想你自己吧！我們是同類人啊！你隱藏得太好，如果不是我逮到你，誰也不知道，爸爸媽媽哥哥都不會知道。」甯霏嘆口氣：「你是告訴我，我找到了嗎？」進進出出印度，尋尋覓覓，這就是自己找到的結果？「我也是鳶尾科屬的花菖蒲，溼地上的玉蟬花，不經意間，長成了今天的樣子，偶發性配種的千萬樣面貌，持續性地變化著，相似不相若，是一個族群，卻又如此不同。這讓我們每個人都必然孤獨，但又彼此帶著引力，藕斷絲連地找到你我。」

「恰恰是孤獨，讓你找到我們，不是嗎？」龍意味深長地說。樹叢裏竄出一隻松鼠，好奇地看看甯霏，若有所思地蹦跳著，又停下來轉眼珠，恍然蹦跳著跑了。

「你知道了你不是唯一，不是幻影，不是異類，仍然可以走進人群，然後發現那看來相似的人種，其實各個不同，就像玉蟬花，不只是你，人人都是玉蟬花。」龍走到小徑上的長椅，坐下來看匆匆經過的人們。

「香蒂設計的度母，是觀音菩薩的一滴眼淚，見眾生苦陷紅塵不得脫身而落淚，化身度母，變成了眾生的滿願寶。月光母親把各種寶石切割成淚珠形狀，給度母做全身的裝飾，一件佈滿鑽石翡翠珠寶的衣服，覆蓋在光潔無暇的玉石塑像上。讓這份華麗引起凡俗的崇敬，進而與菩薩的悲憫心產生連繫。媒介，正是巫女的工作，即便是做頓飯，產生媒介關係，就是巫女的引力。巫女，不必然是女性，僅只是一種特質，比較容易發生在香蒂這種人身上而已。」龍看著甯霏：「不用擔心，強弱不同，各自分擔，無需勉強。你看香蒂，一點也不爲難，走到哪兒，該倒水洗衣，還是做塑像，都一樣。」這似乎爲無所事事的甯霏開脫，且徹底鬆綁。

小Naga喔喔大叫：「別把自己放在太重要的位置，世界始終在旋轉，你在或不在，都一樣。」比出一個跟龍同樣的手勢說著都一樣，把憂心忡忡的甯霏給逗笑了。「所以你們兩個躲在這裏，自己逍遙，天塌了也不關你事。」小Naga大吃一驚：「關你的事嗎？」甯霏頓時面紅耳赤，小Naga賊兮兮地笑。龍拍了弟弟一腦門：「如果不關你的事，我們今天不會見面，不會一起散步，我也沒有機會爲你們做飯。事情不簡單，卻也不複雜。」

晚餐是小Naga的指導教授請吃飯，到教職員專屬宴會廳。彭教授是華僑，聽說有華人訪客非常興奮，堅持預約了禮遇教授的宴席。

三人各自打扮整齊才出門，英國人非常講究禮儀，散漫了好一陣子，忽然要著正裝，有些不自在，小Naga自我解嘲：「平常不上課，今晚拘束一下，算是回報老師平時開恩。」

穿越大草坪，走了相當一段路，進入校園古老大樓區，踏進劇院式廳堂，古色古香的寬敞迎賓樓梯，不言而喻地指引人往樓上走，才上樓便有打扮更整齊的侍者，服侍來客脫掉外套掛衣帽間，另有侍者手端托盤香檳，迎向每位訪客。小廳裏已有各系所教授們，各自閒聊著。

彭教授說著滿口流利中文，熱情迎接甯霏：「久仰久仰！這兩個孩子從來沒有訪客，你是至今的唯一，想必交情匪淺。我們還是小同鄉，太難得了。」彭教授剛剛從教職轉行政，過度時期，小 Naga 算是關門弟子，格外地疼愛，已到縱容程度：「這孩子實在太聰明，我根本沒有可以教他的，舉一反十，才點名，他就把相關資料送來，太省心了。」甯霏忽然覺得自己像個家長，聆聽著孩子被過度地讚美，小 Naga 得意洋洋地到處打轉，似乎頗受歡迎，沒人介意他只是個小屁孩，在這群顯赫的教授間穿梭自如。

一杯香檳尚未喝完，侍者來告知宴席已備好，要到隔壁正式餐宴上入座，座位餐具前擺放著名牌，一個蘿蔔一個坑，沒有預約還眞無法入席。這麼講究的宴席，甯霏還是初見，有點不自在。安排座位的人，似乎事先已打聽好每位食客的身份，刻意把不同專業的人擺放一起，讓教授們眞正達到交流的目的。平日不相見，總能在這一頓飯間，認識不同領域的佼佼者，以開拓研究室外的視野。

英式餐桌禮儀雖不容許喧嘩，卻也不能完全靜默無聲，會被視爲無禮。一張大長桌上，幾乎都是陌生人，只能自我介紹，穿插著邊吃邊聊，各自擠出話題來。桌上有腦神經外科醫師，有天文學家，有數學家，有專研古老宗教信仰的，甯霏左側坐著專攻祭祀的民族學家，右側則是探測微中子的專家。一開始，大家還正經八百地述說自己專研的項目，慢慢又談起校園裏正在舉辦的各種戲曲演出，展覽館最近又有哪些校友捐贈收藏。好不容易上完前菜、湯、主菜後，侍者來問是否在 Dinning Room 用甜點，甯霏沒聽懂，發愣間，坐在對面的龍替他解圍：「我們去棋室用餐後酒與甜點吧！」

原來一頓飯要走進三間房，最後一間，可享用水果、甜點與餐後酒，看書、下棋、聊天，任君選擇，這一夜的重頭戲就在此，孤僻的老教授，直接掠過走人，純粹來吃飯的，就不花時間應酬。也有寂寞已久的終身職教授，趁機滔滔不絕，天南地北聊，完全不著邊際，彭教授無奈地被纏上了，根本沒機會與他眞正感興趣的訪客多說幾句話。

龍用一日三餐來打發了甯霏的千言萬語，一杯奶茶兩杯咖啡地，不知覺間讓時光流逝，幾天下來，再也無話想說，慢慢地，仿若晴空萬里，心如明鏡，更是無話可說。龍的工作，多半用網路便能解決，每天打開電腦半小時，打發完分派事項，便帶上弟弟與甯霏去逛圖書館，好像巡視一般，跟小 Naga 討論書籍分類的適當方式。最後結論是有些書，根本該重複出現在不同領域，這在網路無限大的空間裏，根本不是問題，用 Open Find 便能解決。

傍晚，涼涼的空氣，與鬆散的往來人群，是閒逛農夫市集最佳時光。小廣場邊戶外座上，瑪芬糕與濃縮咖啡，是三人的共同下午茶，閒適地啜飲，觀看人來人往，總能讓人浮想聯翩。

「校方讓我示範恆河祭典，你能幫我嗎？」龍在進行祭祀時，需要許多工具，以及不停歇的火焰與香料藥材，小 Naga 絕對緩不過手來，甯霏若能幫上忙，龍就不需要把月光媽媽請來，畢竟，這是屬於男人的祭典，雖然祭祀的對象是女神。

這大概是劍橋創校八百年來的創舉吧！東方人的祭祀，多麼地神秘迷人啊！消息一出，就連遠在倫敦的市民也紛紛湧進靜謐的劍橋小鎮，平時空蕩蕩的旅館全部爆滿。窄小的康河該如何容納這許多觀眾呢？一起協商的彭教授頭疼起來，一行人沿著康河上下游尋覓適當地點，最後決定，必須像舉辦演唱會那樣，憑票入場，才能控制人數而不至於產生意外。

其實，全程僅半小時的祭典，讓龍一人站在舞台上，並無可觀之處，除非你熟悉內容，或者眞的對祭祀有興趣。校方怎麼也沒想到，一人展示的祭祀，竟像久違的巨星演唱會，引來爆炸性的圍觀，媒體爭相報導，嚇得龍與小 Naga 都不敢出門了。

彭教授用中文問甯霏：「你看過恆河祭典嗎？」甯霏表示認識兄弟倆多年，略懂祭祀內容，神話故事雖有好幾個版本，卻都具備相當的警示作用，對於人性有一定的啓發：「我不是印度教徒，龍的父母雖源自婆羅門，父親卻成爲耆那教徒，私底下，我們沒有門戶之見，對祭典有相當的認識，也明白祭祀帶給人心的教化與撫慰作用，就像你們喜歡去找心理醫師聊天，我們喜歡參加祭典，作用差不多。」彭教授若有所悟地點頭認同。

爲了安全起見，同時又顧及美觀，校方在較寬的河道上搭起臨時舞台，讓河兩岸的觀眾都能看得到行進中的祭典。甯霏負責管理道具，小 Naga 則奔走舞台上下，傳遞法器與燃料，短短半小時的祭祀，硬是被操作成了一小時半，龍一邊優雅地四面八方舞動祭祀，一邊用耳麥解說每件法器與焚香的意義，把一場祭典，演說成了印度眾神神話史。觀眾全程屏氣凝神，沒有人製造雜音，龍的清雅語音，聲聲入耳，就連忙於傳遞工具的甯霏都有如沐春風之感。

祭祀結束後，龍輕巧地走下舞台，悄悄坐上事先安排的小船，等三人已離開眾人視線，才聽到如夢方醒的觀眾開始鼓掌。

翌日，全體幕前幕後工作人員聚餐，人人爭相與龍擁抱致敬，彭教授不停地讚嘆：「太美了～太美了～原來祭典是那樣的浪漫，我一定要去恆河看完整的祭祀，太迷人了！」小 Naga 吐吐舌頭：「你要踩踏許多屎尿，經過各種奇怪乞丐伸手，才能擠進臭轟轟的祭典現場，你確定真的要去嗎？」彭教授滿臉尷尬：「啊！真的嗎？你沒騙我！」小 Naga 刻意擠出認真的表情：「沒騙你！真的！」

甯霏想起日出日落的恆河，是這樣的美，一旦坐船入河，渾然忘記了岸上的屎尿與人間各種醜惡，眼裏只有那瀲勐天地一線間，大地都因此靜止了。

彭教授轉頭看著沈靜的甯霏，忍不住用中文詢問：「真的嗎？」甯霏晃神地回問：「什麼真的嗎？」彭教授看甯霏心不在焉，本不想打擾卻又無法遏止好奇，仍追問：「恆河真的很髒嗎？」甯霏微笑：「我第一次去的時後，的確很害怕，髒的超乎想像。但是你只要去過一次，就會再去，然後一次又一次地去，最後，你慢慢忘記了，什麼是髒。」彭教授驚詫地問：「啊？這是什麼情況？」甯霏說：「這是打破偏見最快的方式。」彭教授渾沌地點著頭：「有意思！我更好奇了！」

龍婉拒了所有媒體的採訪，被迫遷居。甯霏建議避走一段時間，等冷卻了再回來。小Naga與龍卻意外地宣布：「我們已經不需要回來了！」甯霏只驚訝了一秒，便醒悟，的確沒必要回來。

沒有說再見，沒有餞行，三人離開後，才簡單地用電子郵件通知相關人等，告別，是件艱難的事，緣分自有定數，有緣自然再相會。彭教授表示，一定要找時間去恆河走一趟，屆時，再緬懷那難忘的一夜。小Naga回信：「等你！」附註：隨時告知，必有安排。

「我們直飛孟買吧！家人都會在那裏會合，一起幫月光母親選購適當的珠寶，香蒂也會來，商討製作度母塑像的細節。等我們飛到孟買，玉石雕刻應該也已完成，下飛機就能看到成品的照片，很快吧？」甯霏驚奇地問：「香蒂做的？」龍笑了：「是也不是！」怎麼說？「香蒂按照師父提供的各種圖像資料，綜合出她自己想要的造型，用電腦3D打印，再請工匠雕刻，否則怎可能這麼快。」

12 Mumbai 孟買（雪山女神化身之一，漁民的保護神）

曾經被古希臘人統治過的孟買，源自濕婆神之妻雪山女神烏瑪的化身命名，被佛教的孔雀王朝、印度教的希爾哈拉王朝與穆斯林的古吉拉特王朝治理併呑，又被葡萄牙與英國殖民，後來成爲印度獨立的基地。平均氣溫相較於德里要舒適許多，卻是個爆裂是非之地，利之所趨惡之至。繁華富裕，繼之而來的，便是萬惡匯聚，各方角力製造恐攻，破壞不少知名建築。

香蒂畢竟仍是少女，孟買是黑道爭奪的地盤，貧民窟之手插不進來，德里的危險，在孟買是芝麻綠豆，卻要面對更大的黑洞。甯霏請求阿耨羅陪伴香蒂一起飛孟買，讓婆婆守著德里的公寓，還有其他社工照顧，暫時不會有狀況。

在機場迎接香蒂時，似乎長大不少的香蒂愁眉苦臉，甯霏一反往常地關注，沒想到香蒂卻說：「不想告訴你，因爲不重要。知道了，徒增煩惱。」阿耨羅給甯霏使眼色，沒能擋下他滿臉的詫異，好一會兒才平撫下來，卻沒忍住好奇地不時探看，這還是自己認識的香蒂嗎？阿耨羅故意放緩腳步，等香蒂先上車才快速地告訴甯霏，香蒂剛有初潮，不用理她。

小女孩心情不好，甯霏也沒敢要求先睹爲快，實在太好奇香蒂的處女作品，到底長成什麼樣子，觀音落下的一滴淚，該如何表現才有感染力？

爲選寶石方便，龍事先訂好位於孟買北邊的 Surat 市的 Taj 飯店，畢竟是修士的關係企業，照應起來方便些。遊走於百萬鑽石切割工匠的城市裏，每天過往大街上，處處是鑽石掮客商販，攜帶巨款與寶石公然於大街上交易，若非嚴密的不成文約定，恐怕難以維繫長期的穩定市容。

甯霏一行三人抵達酒店時，沿途窗景看到許多人或站或就地而坐，三三兩兩地進行買賣，感到相當吃驚，香蒂看得津津有味，似乎心情大好，回復了往常的歡快神色，阿耨羅則習以爲常地淡定，似乎司空見慣，對這一切並不陌生。

小 Naga、龍與月光在酒店大堂裏聊天，看到香蒂走進來，月光上前擁抱，小 Naga 有點手足無措，龍雙手合十爲禮，不冷不熱地保持著距離。香蒂看著長高了的小Naga笑出來：「原來你長大了是這副模樣，娃娃臉配上大長腿，好像長頸鹿啊！」小Naga急得滿臉通紅：「哪有?哥哥還比我高呢！」香蒂哈哈大笑：「可是龍沒有你這張嫩臉啊！」月光伸手摟著兒子輕聲安撫：「你本來就還小，何必在意，等你老了，就會懷念今日的你。」小Naga開心地回嘴：「就是，我本來就小，差點被妳矇了。禮物收著，等妳長大再送妳，今天不給了。」香蒂大大好奇：「什麼禮物？拿出來。」小Naga得意起來：「不給！」「拉倒！」香蒂嘟起嘴巴生悶氣。恆河邊怯弱的小女孩不見了，甯霏有恍若隔世之感。

歷史悠久的鑽石商Rosy Blue Groupe玫瑰藍集團屬於耆那教地盤，直搗龍頭，是最安全快速的方式，既然買方給予充分資金，只求打造一座讓人目眩神迷而景仰的度母，那麼，玫瑰藍是最好的選擇。修士約了總舵主，讓龍帶著大家到公司接洽，沒想到對方秘書來電表示老總會到酒店拜會，以免勞師動眾。

月光帶著阿耨羅與香蒂去享受Taj著名的Spa，讓龍帶著小Naga與甯霏去見玫瑰藍的Mehta梅塔先生，既然是行家，其實不用多說，只要交代用途、大小與數量即可。既然月光有意迴避，龍只得拿著香蒂的草圖去見這位鼎鼎大名的人物。

梅塔先生非常有心地訂下總統套房，點了房餐接待來客。餐宴上，口若懸河地介紹自己家族的專業，以及目前集團擁有的礦產與切割工藝水準。龍靜靜地聆聽，未置一詞，小Naga則餓狼似地拚命吃，邊吃邊品評：「這家酒店的印度菜做得眞好，不輸給龍，只有媽媽還能頂得住。」梅塔先生聽了大吃一驚：「哦！你母親是大廚嗎？」小Naga得意地大笑：「我母親是這座度母的珠寶鑲嵌設計師，烹飪是家常便飯。」梅塔聽得滿臉垂涎：「有機會品嘗你母親的手藝嗎？」龍立即回復：「我來吧！應該不難達到同樣水平，只要您有好廚房，月光媽媽不太見陌生人，請您見諒。」小Naga警惕地吐舌頭，沒敢接腔。

梅塔先生會意地一笑：「有機會一定邀請你來寒舍露一手，可惜我明天飛倫敦，兩天後去比利時安特衛普與荷蘭阿姆斯特丹，今天能來，還是因爲接到重要電話，延後行程，你明白我的意思。」

龍把香蒂的樣圖正面傳到梅塔先生手機上，他收到後，立即放下手中的香檳，仔細端詳許久，才輕聲歎氣：「我從沒見過如此細緻秀雅又端莊的佛像，敢問這是誰的作品？」小Naga吞下滿嘴的咖哩，搶著舉手：「我朋友，她只有十五歲，應該。」梅塔先生十分震驚：「你說什麼？」「是啊！她跟媽媽去Spa，就在樓下，昨天剛到的，我們好久沒見了。」梅塔先生不可置信看著甯霏：「你又是何方神聖？」

甯霏被問得發愣，一時不知如何回答。龍謹愼地介紹著：「甯霏是我們家族的多年朋友，幫忙照顧香蒂多年，教她讀書送她去學雕塑，等於她的心靈導師。」甯霏聽了嚇一跳：「啊！我只是陪伴而已，並沒有做什麼。」梅塔先生露出讚賞的神色：「菩薩於法，應無所住，行於佈施；所謂不住色佈施，不住聲香味觸法佈施。」甯霏靦腆地雙手合十：「沒想到先生對《金剛經》如此熟悉，失敬！失敬！」

兩鬢斑白有些年紀的梅塔先生，和藹地對甯霏說：「經典來自印度，卻被你們用得好極，是我失敬呢！」讓侍應生撤走餐食後，喝著咖啡沈思許久後，梅塔先生表示：「我會讓公司最資深的工頭與你們配合，按照令堂的鑲嵌草圖，一併把包銀掐絲給做了，省得你們往返來去花工夫，大費周折地增加成本。這段時間你們就留在這裏監工，空時，我派秘書帶你們去參觀這座城市，難得來一趟，不能只是爲了工作。」

梅塔先生甚至派了德里分公司的人，直接去香蒂工作的地方，實體測量塑像，並表示在孟買完成珠寶鑲嵌，可以利用他們的發送管道，再請公司的工匠，配合月光與香蒂，完成整座佛像的工程。

沒想到得來全不費工夫，香蒂興奮得抱著月光打轉，簡直無法相信自己的第一件作品，竟能夠如此輕易地完成。

度母完工後，被送到一座北方邊境宅邸，香蒂拿著相機，萬分不捨地拍完所有的角度，不曾擁有又將失去，彷彿剛生下孩子便被抱走了，堅持全程緊緊相隨，直送到目的地。買主的莊園用八吉祥圖騰砌牆圍成大院子，度母安置在入門玫瑰花圃墩中間，被黃白相間的玫瑰環繞，潤滑白玉鑲嵌璀璨鑽石衣裳與五色寶石綴飾，喜慶般的仙氣，讓圍觀者都興奮起來，嘖嘖聲四起。

買主得知價碼因梅塔先生相助而成本大幅度降低，竟打蛇隨棍上地要求再製作二十一度母，安置在門廳牆面上，做浮凸壁飾。所有的過程，都是對著陪伴而來的甯霏說的，根本沒把香蒂放在眼裏。甯霏跟香蒂商議時，買主仍未察覺，香蒂才是這座度母像的設計師。

「這是妳的創作機會，但沒有獲得應有的尊重，我也不打算幫妳爭取，這訂單要接嗎？妳希望我怎麼回覆？」

香蒂笑咪咪地看著甯霏：「你怎麼比我還難過呢？當然接啊！有人喜歡，這不就是最好的讚美嗎？我還需要什麼？我的目的是生出來，生了就不關我事，若貪戀執著於這尊度母，就無法生出更多的度母了，不是嗎？」甯霏赧然，無法理解，十五歲的孩子何須承受這樣的世界？

「先生，我們商量過了，非常高興您喜歡我們的作品，但是估價恐怕會有所不同，寶石價碼不是我們能夠控制的，沒有人能決定市場的波動，您應該清楚。如果您有預算考量，請務必告知，這樣我們才能進行製作。」買主很乾脆地一口答應，拍拍甯霏的肩膀：「小夥子！別擔心，我可以先付款再取貨，這樣兩下安心，如何？」甯霏沒想到看似粗獷的土豪如此豪爽，只能拱手作揖。香蒂非常開心，衝到門外看著度母雙手合十：「謝謝妳給我機會再相見！」

走到門口又回頭的甯霏，嚴肅地對買主說：「還有一件事，必須讓您知道，這件作品的設計師，是門外的小女孩，我們將在作品上落款，您同意嗎？」買主驚訝得不知該如何回應。「雖然東西是您的，但創作者落款，只會對您更有利，一件擁有落款的作品，未來價值可觀，您覺得呢？」買主笑了：「東西既然已經是我的，怎會在意價值？我捨得用最好的珠寶給度母裝飾，出於誠心誠意，但設計師想要落款，我們沒有這個傳統，如果不礙眼，我並不反對，我相信你的眼光。」甯霏雙手合十：「謝謝您的信任，那我就不客氣了，未來我們每件作品都會落款。」

「回去用電鑽練習簽名吧！每件作品都是妳的孩子，雖然不屬於妳，精神上，還是妳的。」

送貨完畢，又再飛往孟買，跟玫瑰藍團隊商議二十一度母的配飾，這件作品複雜度更高，度母乃同樣的化身，長相可以複製，手上的工具裝飾品卻各個不同，若都用貴重珠寶，恐怕工程浩大且所費不貲，這一來二往的溝通，變成甯霏的工作，香蒂只負責專注於作品上。德里與孟買短短兩小時航程上，香蒂抱著電腦沒放手，3D草圖很快地呈現，甯霏不禁感嘆，小孩子操作電腦就是靈活，終於明白大師爲何如此爽快收下香蒂當徒兒，實在很有遠見。

抵達孟買，來接機的竟然是阿耨羅，這實在太意外，香蒂撲上前去，熱切地擁抱，幾日不見如隔三秋，嘰嘰喳喳了許久才喘口氣。一行人照例安頓在 Taj，熟悉的環境熟悉的場景，就像回家，旅人的家不過如此。

「梅塔先生專程飛回來見你們，梳洗一下，我們要去他家。」這眞是驚喜，得來全不費工夫，甯霏正發愁，不知該如何進行下一步，尤其是市場價格波動，不是甯霏熟悉的領域，龍又不可能時刻協助，他操作的是國際期貨市場，遠不如玫瑰藍有實務經驗。匆忙梳洗，來不及問阿耨羅怎會變成聯繫人，大長禮車已來迎接，上車後，三人急著討論二十一度母的設計與珠寶用量，根本無暇顧及其他，梅塔先生的時間寶貴，必須充分運用。

車子轉進一座龐大莊園時，三人同時抬頭，被車外景觀震撼著，雖有拜訪豪門的心理準備，仍覺不可思議，這遠遠超越任何觀光景區的恢宏氣勢，在最終抵達宅邸前，徹底奪走甯霏與香蒂的注意力，傻楞楞地被阿耨羅領進大廳，才發現阿耨羅處變不驚的樣子，似乎早已熟門熟路。

梅塔先生聽見車聲，快速從樓上走下來迎接訪客，像自家人一樣，熱情地擁抱甯霏與香蒂：「幾日不見，萬分想念，眞高興又看見你們。」隨即引領著進入起居室，侍者端來托盤，有香檳、果汁與礦泉水提供選擇。香蒂拿出電腦，一如既往地單刀直入：「您看看我們的草圖，上面有粗估預算表，不好意思又要麻煩您了。」梅塔先生只看一眼便闔上電腦：「我看過妳的第一件作品，每個角度都仔細觀察了，細節相當周到流暢，很難相信是妳這樣小的孩子做出來的。

香蒂靦腆地插嘴：「這「不是我一個人的功勞，師父有經驗豐富的雕塑團隊，還有您的幫忙，我只是整合概念而已，出力最少的是我。」梅塔先生笑得相當開心：「可妳做的是最難的部分。而我正需要妳的幫助，如何？我小人之心，先幫了妳，現在是妳幫我的時候了。」香蒂與甯霏面面相覷，今天驚喜眞多啊！

「太感謝您了，正想著無以爲報，能有機會幫您，義不容辭，更是我的榮幸，先生！」香蒂誠懇地表示。甯霏看著這幅畫面，忽有如釋重負之感。

「玫瑰藍雖佔據全球鑽石業大部份市場，總專注在開採端，發展有限，除飾品與醫療用途，未來塑像裝置藝術是可見的大好市場，一舉多得，這是妳帶給我的啓發，希望妳願意跟我長期正式合作，我們可以成立公司，妳做創意總監，其他的資金、配備與人力，我來設法，我們各占一半股份，妳覺得如何？」一半股份，這簡直不讓人有考慮的空隙啊！甯霏開始佩服眼前的企業家，人說富不過三代，這可是第五代鑽石大王呢！

香蒂腦子一片空白，轉頭看著甯霏，「我只能祝福你們合作愉快！眞心爲妳感到高興。」阿耨羅不知何時閃現宣布：「可以用餐了！」怎麼是她來告知呢？

梅塔先生起身拉過阿耨羅，親暱地摟著肩膀：「我的好女兒，妳終於願意回家了。」這一驚非同小可。香蒂起身撞到茶几，甯霏則轉身絆到木雕椅，兩人齊聲哇哇叫，這裏的傢俱太重實，隨便碰一下都能疼死人。阿耨羅忍不住捂嘴笑，又覺抱歉地去扶香蒂，後者生氣地甩開手：「妳太壞了，瞞著我們這麼久，悶不吭聲地，害我整天爲妳緊張兮兮的，怕妳受累受欺負，原來妳全都是自找的。」阿耨羅緊緊抱住香蒂，不容許她掙脫：「我知道我知道！請原諒我一直不願意提起家人，我自己也在尋找答案，是妳讓我找到回家的路，我眞的很感謝妳，香蒂，我的好妹妹，別生氣了！」

餐桌上，梅塔先生表示將新的玫瑰藍雕塑公司交給阿耨羅，香蒂擔任總監，可以組織自己的創作團隊，執行她的創意，就像名牌服飾公司那樣。「甯先生，您願意出任這家公司的總經理嗎？我很欣賞您的人品與見識，專業，可以從工作中學習，邊做邊學，並不難，我願意承擔這個風險，您意下如何？」正高興著終於解脫了，沒想到梅塔會有這樣的想法，甯霏拱手表示感謝：「謝謝您的好意！能把香蒂交給您與阿耨羅，已經是最棒的結果，我可以放心地離開了。」

「去哪裏？」梅塔父女與香蒂同聲問。

「好問題！我相信阿耨羅明白我的心境。妳從舒適的家庭闖入不熟悉的貧民窟，擔任義工多年，想認識人類認識這個世界，最終，妳還是回家了。許多事情不是三言兩語說得清的，佛陀在《金剛經》裏說：『如是滅度無量無數無邊眾生，實無眾生得滅度者，何以故？』答案是：『若菩薩有我相、人相、眾生相、壽者相，即非菩薩。』妳發現了，在芸芸眾生中，妳鼓起最大的勇氣與努力，去做到無我相，眾生平等卻不是妳說了算。但妳仍無法因此放棄，掙扎徘徊於富裕與貧困之間，做與不做，生老病死是常態，渺小如妳我，能有多大的悲心？問題癥結不在貧富差距，妳發現了，因爲看見眾生，是吧！走出去，仍然不是錯誤的選擇。」阿耨羅淚流滿面。

「爲妳一人，我遊蕩了幾年，値得！香蒂，妳抵得過阿耨羅幫助的千百人，在我心裏，這已經是極大的祝福，謝謝妳！我眞心感謝妳！龍說我是妳的心靈導師，其實，是倒過來。我走了，妳才是眞獨立。」香蒂啜泣，用餐巾摀住嘴巴，肩膀開始抽搐。

「可以告訴我們，您打算去哪裏嗎？」梅塔先生不無感傷地問。

「其實，我還沒開始想該去哪裏。但我不會失聯，相信我，一直會把你們放在心裏，這份情誼，不亞於血緣，這是我在印度多年學到、得到最大的禮物。」

甯霏回到德里，跟龍會合，等月光回倫敦公司上班，便帶著小 Naga 一起巡遊恆河兩岸上下游，第一站就是惡名昭彰的加爾各答，英國殖民初期的首府。龍說：「被送去梵文大學時，我不樂意，但祭祀恆河多年的經驗，卻讓我漸漸明白了神秘的力量，無論是否出於迷信，但凡走過經過做過，便神奇地產生影響與作用，這是恆河教會我的，你在恆河邊徘徊這麼多年，應該也感受到了。」龍的邀約，讓甯霏銘感五內，立即答應同行。當年認識的少年，一如既往，並沒有隨著歲月改變初衷，在甯霏眼裏，龍，依然鮮明如故。

按照約定，甯霏傳簡訊告知香蒂，將與 Naga 兄弟三人一起走恆河。

甯霏卻意外地收到了梅塔先生的回覆：「很高興你如約通知我們行蹤，我們在加爾各答也有分公司，有任何需要，請務必告知，接送交通，請一定讓我們略盡棉薄。」沒想到如此忙碌的大老闆，竟親自關注，甯霏把香蒂交出去，也更安心了。保持聯繫，完全是爲了了解香蒂的狀況，甯霏便毫不客氣地回覆：「謝謝您！到加爾各答，便去拜會當地負責人。」

「讓香蒂獨立，是有意思的決定，我很佩服你如此乾脆俐落。」龍說。小 Naga 不以爲然：「香蒂從小就很獨立，根本不需要任何人保護，你太小看她了。」甯霏同意：「表面上是她黏著我，其實，讓她跟著我，等於我跟著她，這段時間，我慢慢感受到了，香蒂有神奇的引力，讓你看見自己，點點滴滴，涓涓細流，不知覺間，便出現了一面明鏡。」

龍點點頭：「沒本事的，最好保持距離，就像小 Naga，逃得遠遠的，跑遠了，又思念得不行。」小 Naga 橫眉豎眼：「亂說！我哪有！看見她我很高興，這樣就夠了，看不見，我也活得好好的。」

13 Calcutta 加爾各答

香蒂需要少數民族圖騰，月光需要傳統編織資訊，前進尼赫魯眼中的噩夢之城加爾各答，忽然多出任務，似乎在爲叨擾梅塔先生找到理直氣壯的畫押，甯霏隨後便收到簡訊：「聘任您做我們公司的藝術顧問，請勿推辭！」如此一來，公司派車也變得理所當然。

阿耨羅透過德里社福組織，找到了阿薩姆區域的卡西 Khasi 婦女，正是秋收之際，婦女們採收漫天蹦跳飛出豆莢的芝麻，在過程中完成敬神祭祀。參與祭典，是最容易的聯結方式。卡西族部落，印度東北的女兒國，橫跨孟加拉邊境，是極少數仍存在的母系社會，婦女擔任族長並主持祭祀，祭拜的神祇亦爲女性以及女性祖先，像臨近的不丹王國一樣，只有女人才能繼承家族遺產，並負責養育後代。

色彩繁複的編織，有棉有絲有樹皮，甚至用樹根編織橋樑，根據功能與社會地位，而有不同的呈現方式，是近年許多時尚品牌設計師取材的最佳樣本之一。阿耨羅建議，儘量採樣，讓她們有足夠的資訊做調整。雖說是雕塑，呈現質感，一直是香蒂努力的目標。

根據阿耨羅提供的信息，甯霏一行帶上玫瑰藍提供的車與司機共四個男人，前往Mawlynnong 村的卡西族部落，這裏是公認最整齊清潔的村莊，在印度是非常罕見的典範。維繫公共環境衛生，由老至少，成爲全民運動，人人走出家門口，便隨手撿拾垃圾，且處處有垃圾分類的漂亮編織桶，由村民自動自發處理。放眼望去，像是另外一個世界，不在印度。

快到村莊入口時，司機阿弟卡瑞才表示自己是卡西人，公司指派他開車，出於貼心考量，甯霏不得不佩服公司管理層的周到。

巴闊朵就站在村口迎接，阿弟卡瑞停車前介紹：「這是我最小的妹妹，未來家族繼承人，我們的傳統認爲這樣能延長家族壽命，她是掌握祭祀的主人，唯一的遺憾，未婚沒有子女。」巴闊朵的英語跟阿弟卡瑞一樣流暢，龍補充說明：「英國殖民時期帶來的信仰改造，正在腐蝕他們的傳統文化。我們今天能看到的祭祀，恐怕是末代祭典了。」

殺豬宰羊的血腥場面，把甯霏嚇壞了，一次性幾百頭羊在眼前乖乖無聲就戮，血流成河，這還是首度大開眼界，婦女們低聲吟唱，安撫即將犧牲的牛羊，龍與小 Naga 畢竟出身耆那教，雖遠較常人心胸開闊，也無法接受這樣的陣仗，紛紛走避，一時情緒奔騰，幾乎無法參加祭典。畢竟卡西族人祭拜的是自己的祖先，與他人何干？也許，逐漸被基督教同化的卡西族，開始注重環境衛生與現代化教育，未嘗不是一件好事，就「不殺生」非暴力的耆那教觀點來說。這讓甯霏想起佛陀本生故事裏，有好幾世都以自我犧牲的方式來提醒戒殺之必要。

巴闊朵注意到哥哥帶來的訪客，似乎無法適應祭典前的籌備儀式，便讓阿弟卡瑞把客人直接帶去工作坊，參觀婦女集體紡織，以及養蠶抽絲的工序。

既然此行目的是認識傳統工藝，也就沒必要顧及禮儀參加祭典。離開宰牲現場時，小 Naga 發青的臉色才慢慢舒緩，三人一起深呼吸，灌下一整瓶水。「無我、無人、無眾生、無壽者相，何其艱難？」甯霏忍不住說。龍隨之附和：「一切有爲法，如夢幻泡影；如露亦如電，應作如是觀。」小 Naga 也不甘示弱：「於法實無所得！」三人同時冒汗，用衣袖抹臉，狼狽至極。

甯霏負責拍照傳遞信息，只有工藝沒有祭祀，倒是拍了不少採收芝麻敬神的儀式，婦女群集於飛舞的芝麻豆莢之間，同時呈現色彩豐富的傳統服飾，這些圖像應該夠了，沒有提起犧牲主祭。

訪客們匆匆來去，巴闊朵在主祭前抽空跟哥哥耳語了幾句，並對甯霏表達歉意：「剛剛才知道你們有自己的虔誠信仰，非常抱歉，這是我們的傳統生活方式，希望沒有嚇到你們才好。」甯霏雙手合十：「還好還好！可以理解，其實我們早該有心理準備的，應事先迴避，不過，該看的還是看到了，或許，這也是我們該看到的，謝謝妳不介意我們這樣狼狽地逃走。」巴闊朵笑了：「你很有趣，希望有機會多認識你，也許有緣再相見。」甯霏在心理祝福：「願妳早日嫁人生女，把傳承傳遞下去。」這麼好的女孩，怎會單身至今？

甯霏忽然想起印度唯一的唐人街在加爾各答，走恆河前，想去看看。當年從四川、廣東進入印度，成為滯留加爾各答難民潮，一九六二年中印發生衝突後，有想法、有辦法的人，移居澳洲與美加或香港，走不了的，被拘留多年，直到一九七六年中印恢復邦交，華人也取得了印度國籍，從事皮革製造業或經營餐館。那段黑暗時期，可想見華人婦女們的生活困境，邊境不丹女孩常說去印度要包裹嚴實，免得被當華人而遭遇性侵，印度人會認爲華人女孩都從事妓女工作，可以毫無顧忌。這種偏見，在今天的加爾各答仍屬常態。

唐人街已失去了中國味，從二十萬人到剩餘二千人，印度華人就像卡西族的語言與祭祀，進入瀕危週期。龍與小 Naga 陪伴甯霏快速地瀏覽完，便沈默地離開，不再多說什麼。甯霏腦海裏的華人朋友們，正在逐漸消失淡化，唯一記得的，只剩下餐館櫃檯上，給食客清口的冰糖小茴香子，濃烈嗆鼻的氣味，仿若仍在口腔裏逡巡。

回酒店的車程上，小 Naga 忽然問：「女孩都去哪兒了？」甯霏才想起，唐人街有股特殊的氣息，一直沒察覺，卻原來是沒有女孩的蹤影。在街上晃蕩的女孩，會被當成特種營生在招攬客戶。這種無奈，是沒落唐人街窒息的空氣。小 Naga 忽然歎氣：「香蒂太幸運了！」

「凡所有相，皆是虛妄，若見諸相非相，即見如來。」龍平靜地說。小 Naga 補上：「如來所說法，皆不可取，不可說；非法，非非法。」甯霏奉陪：「如來在燃燈佛所，於法實無所得。」

「那麼，在這座擁有五千多貧民窟的城市，我們去 Kalighat 垂死之家吧！我想去探望一位來自台灣的朋友小娟，她在那裏做義工三年了。」甯霏始終覺得自己太幸運，不夠踏實，徘徊於上昇與墜落之間，不知何去何從，他看見龍眼中的堅定與悲憫，自己做不到那樣的淡定，總是借由看見的種種，來支撐心中各式各樣的理論。

從修道院走進貧民窟的德雷莎修女曾說：「如果要爲窮人服務，必須把自己變成窮人。」窮病孤苦無依臨終者「一輩子活得像條狗」，修女與義工們的工作是讓他們「死時像個人」。

獲獎後，知名度越來越高的修女，收到世界各地的龐大捐款，以及慕名而來的義工，來者不拒的情形下，半數好奇的義工們，沒有基本生活能力，遑論專業素養，自己都需要被照顧，更別提那高高在上的「態度」，把服務當成榮譽的後果，仰賴修女的身教，以及資深義工們更大的包容與慈悲，才能慢慢有點效果。來服務的人，其實變成了更大的負擔。小娟無奈地分享自己的經驗：「我自己也不算資深，只是看修女們帶頭做最髒最累的工作，妳自然而然深受感動，不由自主。本來發願做一年就回家，沒想到，如今也三年了，我離不開，每天都有做不完的工作，終於明白，爲何德雷莎修女經常感嘆自己能力有限。」

小 Naga 忽然抬頭問小娟：「我能爲妳做些什麼嗎？」小娟驚訝地看著小屁孩：「你怎麼知道我需要幫忙？可你又能做什麼呢？」甯霏笑了：「別看他個頭小，可是數一數二的IT高手，你們膨脹速度這麼快，肯定需要夠快速的網路與有效率的資料庫，小Naga能幫妳搞定。」小娟喜出望外：「太好了！你眞是我的天使，竟然在關鍵時刻知道我的需求。」

滯留幾天，小Naga在垂死之家幫忙，龍躲在房間操作期貨，甯霏整理香蒂與月光需要的圖片檔案。阿耨羅幾度來電，希望能知道更多貧民窟的相關信息，甯霏笑回：「妳人回家了，心還在貧民窟，這座城市有五千多貧民窟，妳關注得完嗎？觀音都落淚了，千手千眼也不夠用呢！」阿耨羅竟然說：「我願意回家，是想知道觀音那滴淚變成的度母，眞的管用嗎？」啊？甯霏不可置信地問：「妳說眞的還是開玩笑？」阿耨羅說：「我一直知道香蒂是Dakini，她做的度母，你也看見了，不僅僅是一座塑像，帶著靈動力，像是天然長成的樣子，彷彿她自己的化身一樣。如果用心靈改造，是否比我們一個個搭救，更有效率？」

甯霏忽然問阿耨羅：「妳覺得加爾各答紅燈區，從事性服務工作的女孩們，也是度母嗎？」阿耨羅沉吟許久，一時不知該如何回應。「修女們照顧病童、流浪漢與垂死之人，跟妓女服務有性需要的人，有何不同？」甯霏再問。「我懂你的意思，但我不想回答你，因爲理論上明白，但我眞心知道自己根本無法做到沒區別。概念是一回事，面對又是另一件事。這也是我多年來不願回家的原因，父親也慢慢接受了，我們基本達成和解，卻並未眞正彼此理解。」

「是的，即便我自己，振振有詞，仍無法擺脫是非對立的二元偏見，那就彼此互勉吧！」阿耨羅笑了：「謝謝你沒有繼續爲難我。」甯霏也笑了：「彼此彼此！」

龍耗費那麼多心力賺錢，甯霏忍不住在吃飯時問：「那座鑽石洞打開了，遠比十個你還強，如果你眞心想要。」龍斜眼看著甯霏：「你都不想要的東西，我會要嗎？」甯霏忽然明白：「所以這只是你求知的管道之一。」龍難得大笑：「我們的頻率開始接近了。我們大可放下一切，去恆河邊漫步，或許，還能找到什麼。」甯霏哈哈大笑：「我在恆河邊走了這麼多年，什麼也沒找到，除了一座不屬於我的鑽石洞。」

「今非昔比，你已經不一樣了。今天的你，再去恆河，看見的就是不一樣的恆河。」甯霏接著說：「就像玉蟬花，放在不同的土壤，與菖蒲繼續交配，便長出不同的樣子來。那變化之間的元素，就是你說過的，巫女的特質，是吧？」龍放下碗盤，用餐巾仔細地擦嘴，又喝水嗽口呑下才說：「你陪伴多年的香蒂，就是最好的案例，她在你眼前產生的變化，難道不是因爲你的誘引？」甯霏吃驚地說：「什麼意思？我什麼也沒做。」龍笑得很詭異：「什麼都不需要做，與生俱來，來便來，走便走，有就有，沒有就沒有了，這才是巫。你難道以爲巫是人造的？」

「你去做，或不去做，死亡就在不遠處等著，這一點，不會改變，對任何生命都很公平。有些人需要做，有些人必須不做，最終，結果一樣。那就選擇自己能夠面對的，做，或者不做。」

「離一切諸相，則名諸佛。」龍說。

清晨四點，龍把大家叫醒，在酒店門口上車，直趨恆河邊，上一條小船，在天色逐漸泛白又泛紅之間，飄盪於水面上，沒有人問要去哪裏，連船夫都像個啞巴。

恆河邊後說空行

The illusionary play of Dakinis

後記：

爲何繞著喜馬拉雅山區跑？

一九八五年臨界而立，我選擇了第一次離家出走，獨自搭乘飛機到香港再轉機去喜馬拉雅山腳，好奇地探訪未知。這並非我有超強的膽識，只是無知地想要證實許多無法置信的預言，即便事後證明，是眞的又如何？這眞不能改變我脆弱的人生，卻如論如何，學會了甘願。

若問我，三十年來在宗教世界裏學到什麼？我想，一句話便夠了：「不輕易下結論！」是的！我幾乎可以百分百告訴你，任何事都沒有結論，只要是看得見聞得到的，聞，耳朵加上鼻子，我們的五官不夠用，眞的，我只發現這件事。

剛認識皈依師父時，他問我：「想要成佛嗎？」上午問一次，下午再問一次，晚飯後又問一次，一天當中連問三次，嚇得我直哆嗦，更不敢回答了。最終，被師父逼問：「爲何不願意成佛？」而硬著頭皮反問：「什麼是成佛？」師父說：「除非已成佛，否則沒有人可以回答你這個問題。」那麼：「你可以回答我嗎？」師父竟然搖頭：「不能！因爲我不是佛。」那我怎能回答你要不要成佛呢？

當然，多年多年多年以後，終於明白，師父並不需要我回答這問題，而，他已經走了，遠遠地走了。

我懊悔嗎？懊悔過，又不懊悔。別問我原因，你會有自己的原因。

關於空行母 Dakini 這個特殊的字眼，我也問過師父，那時年紀輕，聽到許多不堪入耳的流言蜚語，非常生氣，便愣頭愣腦地跑去問師父：「What is Dakini？」我幫人翻譯藏文法本時，才知道，原來清朝時的佛學經典早已有專用名詞：「明妃」，卻已然被許多漢人污名化爲修行工具。於是，當代翻譯工作者便直接意譯爲「空行母」，能自由自在於虛空中遊走的女人。當然，無論你怎麼翻譯，也無法阻擋人心猥褻的意圖。

如果你的目的不是成佛，無論你怎麼說自己是佛教徒，都是一派胡言。

若一心一意的目標是成佛，那麼，有沒有明妃，是否是空行或空行母，都只是「夢幻泡影」般的事過境遷，如若不然，你的麻煩大了。

女神，可以是神女。就這麼簡單，你愛怎麼想都行，污濁者自污而已，聖潔者，亦非一廂情願即可如願。

有些問題很簡單，卻必須用非常久的時間去思考，才衍生出比較清晰的面貌，卻往往是趨近於夢幻泡影罷了。譬如當年師父緩緩地告知：「空行母，可以是任何人，有些是天生的，有些是短暫現象，她可以是女神，卻也可能是從事賣淫的神女，她或許心地善良卻也可能是壞人。當時的時空需要什麼樣的空行，就會出現那樣的空行母，你永遠不會知道誰才是眞正的空行母，除非進入同樣的時空，變成那樣的狀態。在那裏，沒有是非對錯，任運自然而成。」

另外一位師父，直接宣稱：「所有的女人都是空行母，在我眼中的世界都是淨土。」這一點，恐怕世上難有人眞正做到，至少這境界只能問自己，無法檢視別人是否言行如一。做爲一種標竿，這其實是非常好的訓練，就像師父問我：「想要成佛嗎？」異曲同工。人的心智，需要許多的「天問」與難以想像的「大哉問」來突破思想上的瓶頸。

就像龍樹菩薩從外道轉入成佛之道的過程，簡直是神話，叫人無法想像那是眞實的世界。那麼，就只是看他遺留的著作，也夠震撼人心了。一千年前的文字，至今無人超越，不是空前，卻已絕後。

在龍樹菩薩荒唐無稽的生活歷程裏，無數的空行母，扮演了相當重要的角色。《恆河邊》借用了耆那教與佛教兩位大雄之辯，接下來，半回憶半紀念性質地，再借用龍樹嬉笑怒罵的前半生，延續甯霏的黃金屋之夢，看看這幾度時空裏的夢境，是否有走出來的機會。

有人問：「接下來呢？」其實，創作中的我，也很期待，信不信，由你。臨界耳順，我早該不在乎的。

夜望星空，在無量無數裏，你可以選擇最明亮的一個，也可以"One for all, all for one."，我爲人人，人人爲我。這是什麼意思呢？回到師父說的：「空行母，可以是任何人。」

喜馬拉雅山脈，有許許多多的聖地，提供修行人閉關，也成就了許多人，因此氛圍特殊。至於你是否會被吸引，據說，這需要多生累積的緣分或者福報，包括你是否在乎。而我莫名進進出出三十年，慢慢明白了那煙霧般的福報，其實很難得。這份難得，讓我願意在懵懂狀態下，翻閱極其難讀的經典，尤其是龍樹菩薩的「中論」，那簡直可以要人命。

然後，我知道，即便只是在那樣的環境裏發呆，都需要非常大的福報。你懂不懂，不關我的事，要問自己。

在那亂糟糟而貧窮至極的區域，尋找神聖，除了無法言說的「福報」，還能是什麼？

巫女

Iris ensata

作　　者：陳念萱
責　　編：韓秀玫
美　　編：徐靖翔
美術排版：薛美惠
出　　版：遠足文化事業股份有限公司
社　　長：郭重興
總 編 輯：韓秀玫
發行人兼出版總監：曾大福
發　　行：遠足文化事業股份有限公司
電話｜ 02-22181417
傳真｜ 02-22188057
客服專線｜ 0800-221-029
E-Mail ｜ service@bookrep.com.tw
官方網站｜ http://www.bookrep.com.tw
法律顧問｜華洋國際專利商標事務所 蘇文生律師
印　　刷｜成陽印刷股份有限公司
初　　版｜ 2017 年 12 月

定價 320 元
ISBN 978-986-95565-4-5（平裝）

版權所有・翻印必究

國家圖書館出版品預行編目（CIP）資料

巫女 / 陳念萱著 . -- 初版 . -- 新北市：
遠足文化 , 2017.12
　面；　公分 .

ISBN 978-986-95565-4-5(平裝)

857.7　　　　106018695